Charmed

Charmed

Zauberhafte Schwestern

Das Zepter der schwarzen Magierin

Roman von Scott Ciencin

Aus dem Amerikanischen von Antje Görnig

vgs

Bibliografische Information Der Deutschen Bibliothek
Die Deutsche Bibliothek verzeichnet diese Publikation in der Deutschen Nationalbibliografie; detaillierte bibliografische Daten sind im Internet über http://dnb.ddb.de abrufbar.

Erstveröffentlichung bei Pocket Books, New York 2003.
Titel der amerikanischen Originalausgabe: *Luck Be a Lady*
von Scott Ciencin.
Das Buch »Charmed – Zauberhafte Schwestern. Das Zepter der schwarzen Magierin« von Scott Ciencin entstand auf der Basis der gleichnamigen Fernsehserie von Spelling Television, ausgestrahlt bei ProSieben.

1. Auflage 2003
© der deutschsprachigen Ausgabe:
Egmont vgs verlagsgesellschaft mbH
Alle Rechte vorbehalten.
Lektorat: Ulrike Reinen
Produktion: Wolfgang Arntz
Umschlaggestaltung: Sens, Köln
Titelfoto: © Spelling Television Inc. 2003
Satz: Kalle Giese, Overath
Druck: Clausen & Bosse, Leck
Printed in Germany
ISBN 3-8025-3264-3

Besuchen Sie unsere Homepage:
www.vgs.de

Für Denise, meine ewige Liebe.
Du hast mich Glückspilz verzaubert.

Prolog

BEREIT FÜR DEN KAMPF

Nachdem sie die Wassertemperatur mit den Zehenspitzen geprüft hatte, blieb Paige in eleganter Pose neben der Badewanne stehen und sagte dem zweiten Diener, dass der Jazz-Radiosender, den er eingestellt hatte, goldrichtig war. Als die beiden verschwunden waren, schloss sie die Tür ab, streifte ihren Morgenmantel ab und wickelte das Handtuch vom Kopf. Sie ließ sich in das Badewasser gleiten – ein himmlisches Gefühl! – und hielt die Luft an, als sie mit dem Kopf untertauchte.

Dann kletterte sie wieder aus der Wanne heraus, zog ihren Morgenmantel über und orbte in einem Wirbel aus blauweißem Licht davon.

In ihrem Hotelzimmer tauchte sie wieder auf, wo ihre Garderobe schon für sie bereitlag. Phoebe und Piper waren bereits fertig umgezogen, und Chloe sprang um die beiden herum und richtete hier und da letzte Kleinigkeiten. Die junge Frau zuckte nicht einmal mehr mit der Wimper, wenn sie jemanden orben sah, was sehr angenehm war. Sie hatte das Zeug zu einer richtig guten Hexe.

»Mein Alibi steht«, sagte Paige, warf ihren Morgenmantel ab und versuchte, nicht daran zu denken, was geschah, wenn die bevorstehende Begegnung nicht wie geplant verlief.

Innerhalb kürzester Zeit war sie angezogen und bereit für den Kampf.

1

Phoebe lehnte sich in ihrem unergonomischen Schreibtischstuhl zurück und rieb sich die müden Augen. Von irgendwo aus dem Großraumbüro neben ihrem kleinen Arbeitszimmer beim *Bay Mirror* drang eifriges Tastaturgeklapper zu ihr herüber, und sie bekam ein schlechtes Gewissen.

Hört sich ganz so an, als würde bei dieser Zeitung wenigstens *irgendjemand* arbeiten, dachte sie. Schade, dass ich es nicht bin …

Sie ließ die Hände sinken, und das milchige Licht des Flachbildschirms ihres Computers fiel auf ihr hübsches Gesicht.

Die leere Seite wollte sich nicht bezwingen lassen. Sie plagte sich nun schon seit Stunden damit herum. Sie unterdrückte ein Gähnen und sah auf ihre Uhr. Es war kurz vor acht. Das bedeutete, dass sie tatsächlich ganze fünf Stunden mit dem Versuch zugebracht hatte, ihre Ratgeberkolumne zu schreiben, jedoch kläglich gescheitert war.

Wie man ihr allerdings zugestehen musste, war es für sie auch gar nicht so einfach, den Frauen zu raten, was sie mit ihrem Liebesleben anstellen sollten, nachdem ihr der finsterste – und zugegebenermaßen auch schärfste – Dämon der Welt das Herz nicht nur gebrochen, sondern regelrecht in Würfel gehackt hatte. Mit diesem Gedanken versuchte Phoebe sich zu trösten. Wie gern hätte sie eine gute Ausrede gehabt, um sich trotz der nicht erledigten Arbeit davonmachen zu können.

Sie blätterte in einem Stoß ausgedruckter E-Mails, die alle mit »Liebe Phoebe« begannen, und kniff beim Lesen der Probleme und Wünsche der Leserinnen die Augen zusammen, denn es wurde im Büro allmählich dunkel. Sie musste einen Brief finden, zu dem ihr auf Anhieb etwas einfiel, obwohl es im Grunde nur Variationen des immer gleichen Themas gab.

Stirnrunzelnd las sie sich einige Fragen laut vor: »Wie schaffe ich es, dass er auf mich aufmerksam wird? Wie bringe ich ihn dazu, mich zu lieben? Wie bringe ich ihn dazu, mich zu heiraten?«

»Okay, Phoebe denk nach«, flüsterte sie und stützte den Kopf in die Hände.

Elise, ihre Chefin, wollte die Kolumne am nächsten Tag bis spätestens zwölf Uhr Mittags auf dem Tisch haben. Vielleicht kamen, wenn sie bis zum Morgen abwartete, neue E-Mails herein, unter denen sie etwas fand, das ihrer Kreativität auf die Sprünge half. Phoebe schloss die Augen und versuchte es mit positiver Visualisierung: Sie stellte sich vor, wie gut es ihr am nächsten Tag gehen würde, wenn sie die wöchentliche Kolumne endlich hinter sich hatte.

Ich kann es kaum erwarten!, dachte sie, schlug die Augen auf, schaltete den Computer aus und schnappte sich ihre Tasche.

Den Schatten, der an der Milchglasscheibe ihrer Bürotür erschien, sah sie zu spät. Sie riss die Tür auf und stürzte in die hell erleuchtete Nachrichtenredaktion ...

Und wäre um ein Haar mit ihrem Ex-Mann zusammengestoßen. Phoebe entfuhr vor Überraschung ein alles andere als freudiger Aufschrei, und sie hörte ein Schwappen und ein sprudelndes Zischen, als etwas aus dem kleinen Karton in seinen Händen herauszufallen drohte. Wie in Zeitlupe sah sie zwei dampfend heiße Mokka-Frappuccinos vom Café im Erdgeschoss umkippen. Die Deckel flogen von den Bechern, und ihr dunkler, aromatischer und sehr heißer Inhalt schoss in die Luft, um auf schändliche Weise Phoebes brandneue Seidenbluse zu ruinieren und ihre glatte, straffe und an den schönsten Stränden von San Francisco gebräunte Haut zu verbrennen.

Cole schnappte nach Luft – und das drohende Desaster trat plötzlich den Rückzug an. Die spritzende Flüssigkeit machte kehrt und verzog sich wieder in die Styroporbecher, die Deckel sprangen an ihren Platz und verschlossen die Becher mit einem hörbaren Schnappen.

Magie!, dachte Phoebe sofort, als sie sich von dem Schreck erholt hatte. Cole hatte seine magischen Kräfte eingesetzt, und zwar mitten im Büro! Hoffentlich hatte es niemand gesehen!

Aus der Nachrichtenredaktion ertönte ein entsetztes »Oh nein!«

An Coles breiten Schultern vorbei sah Phoebe, wie George Phinnagee, während er in sein Headset grunzte und knurrte, den Inhalt einer großen Dose Soda aufwischte, den er auf seinem Schreibtisch, dem Computer und seinen Klamotten verschüttet hatte.

»Nein, nein, alles in Ordnung«, bellte er seinen Gesprächspartner am anderen Ende der einzigen besetzten Leitung im ganzen Büro an. »Nur ein kleines Missgeschick, sonst nichts. Geben Sie mir die ruhig Adresse durch; ich merke sie mir.«

Der Reporter, ein Mann mittleren Alters mit schütterem Haar, warf rasch eine Zeitung in die Pfütze auf dem Boden und nickte noch ein paar Mal. »Ja, gut. Habe verstanden. Klar werde ich da sein, da können Sie drauf wetten!«

Phoebe riss sich von dem Anblick los. George brauchte keine Hilfe, und seine Geschäfte gingen sie nichts an. Der Reporter, der einen – mittlerweile ziemlich durchnässten – reichlich aus der Mode gekommenen Tweedanzug mit Hut trug, war für das Ressort Kriminalität zuständig, und in seinem Fach war er der Beste, den es gab.

»Heute sind wohl alle etwas schusselig«, sagte Cole mit einem verschmitzten Grinsen. »Zum Glück habe ich gute Reflexe.«

»Hm-hm, zum Glück«, sagte Phoebe missbilligend. »So kann man das auch sehen.«

Cole hielt die Kaffeebecher hoch. »Ich habe uns was mitgebracht. Den trinkst du doch am liebsten, oder?«

Phoebe nickte automatisch.

Fröhlich trabte Cole an ihr vorbei in ihr Büro und stellte die Becher auf den Beistelltisch. Dann kam er zurück zur Tür. In der Hoffnung, er würde wieder verschwinden, trat Phoebe zur Seite, aber sie wusste eigentlich, dass er sich nicht so leicht abschütteln ließ.

»Du siehst gut aus, Phoebe«, sagte Cole gut gelaunt und sah sie an, als wäre nichts geschehen. »Neue Bluse?«

Das ganze Outfit ist neu!, dachte Phoebe und warf einen raschen Blick auf ihre khakifarbene Hüfthose, das bunte Hüfttuch und die dunkelbraunen Stiefel. Aber das ging Cole eigentlich gar nichts an.

»Das war wirklich großes Glück«, bemerkte sie spitz. »Zumindest für dich.«

Cole sah verdutzt zwischen George und seiner Überschwemmung, den Kaffeebechern, die er auf wundersame Weise nun doch nicht verschüttet hatte, und Phoebe hin und her, die ihn mit eiserner Miene taxierte. »Warte mal. Du glaubst, ich ...« Er schüttelte den Kopf. »Dafür kann ich nichts, das war reiner Zufall!«

»Sagst *du*! Und vielleicht glaubst du es auch. Wer weiß, vielleicht stimmt es sogar. Aber du musst den Tatsachen ins Auge sehen Cole, genau wie ich.«

»Und was für Tatsachen sind das?«, fragte er mit sanfter, beschwichtigender Stimme. Diesen Anwaltstonfall hasste Phoebe mittlerweile. Cole schloss die Tür, damit weder George noch sonst jemand, der zufällig vorbeikam, das Gespräch mithören konnte.

Phoebe warf frustriert die Hände in die Luft. »Das ist ja wohl offensichtlich! Du hast dir in der Unterwelt so viele Kräfte an Land gezogen; Kräfte, die niemals in die Hände eines einzigen Menschen geraten durften – wenn du überhaupt noch ein Mensch bist ...«

»Das bin ich«, fiel Cole ihr ins Wort. »Phoebe, ich bin ein Mensch. Wegen meiner menschlichen Anteile war es mir unmöglich, an diesem Ort zu bleiben und mich von dir fern zu halten. Ich ...«

Phoebe hob warnend den Zeigefinger. »Nein, nein, besser nicht! Fang nicht wieder mit den L-Wörtern an, mein Freund! Ich habe dir gesagt, dass es mit uns vorbei ist!«

Cole schüttelte den Kopf. »Phoebe, es wird nie mit uns vorbei sein.«

Phoebe trat einen Schritt zurück. Irgendwie fühlte sie sich von seiner Hartnäckigkeit bedroht.

Cole ließ die Schultern hängen, und der dunkelgraue Nadelstreifen-Designeranzug, den er trug, verlor seine Fasson. Früher, als sie noch zusammen waren, hatte Phoebes Herz höher geschlagen, wenn er so vor ihr stand, denn bei diesem Anblick hatte sie immer an einen Jungen denken müssen, der, wegen seines ungewohnten Aufzugs beklommen, bei seinem Schülerball-Date vor ihrer Tür stand und nicht wusste, was er tun und sagen sollte.

Es machte ihn so menschlich.

Cole seufzte. »Ich will nur sagen, dass Gefühle wie die unseren nicht einfach so verschwinden. Nicht einmal, wenn dadurch alles leichter würde oder zumindest weniger schmerzlich.«

»Und ich will nur sagen, dass alles im Grunde eine Frage von Ursache und Wirkung ist. Du hast mir den Gang zur Reinigung und eine Sitzung mit Leo wegen leichter Frappuccino-Verbrennungen erspart. Einen Augenblick später hätte George fast seinen Computer und seine Klamotten ruiniert. Du hast hier ein Unglück verhindert und dort eins angerichtet!«

»Phoebe, das hatte wirklich nichts mit meinen Kräften zu tun.«

»Aber ganz sicher bist du dir nicht, oder?«, entgegnete Phoebe. »Du hast überhaupt keine Ahnung, was du alles anrichten kannst!«

Nun ging es nicht mehr um Magie.

»Wow, du nimmst diesen Reporterjob wirklich ernst, nicht wahr?«, fragte Cole.

Phoebe unterdrückte einen Schrei. »Ich bin Kolumnistin, keine Reporterin.«

»Ich weiß, ich weiß«, sagte Cole und verdrehte die Augen, hörte jedoch nicht auf, Phoebe anzustrahlen. »Es ist einfach schön, wie sehr du dich für etwas begeistern kannst, das ist alles. Ich habe nur Spaß gemacht. Ich lese deine Kolumne jede Woche.«

Großartig!, dachte Phoebe sarkastisch. Mein Ex-Mann behält nicht nur mich, sondern auch meine Karriere genau im Auge!

»Ich bin es wirklich allmählich leid, diese Frage zu stellen, aber trotzdem«, sagte Phoebe und wappnete sich. »Cole, warum bist du hier?«

Cole zuckte mit den Schultern, wirkte jedoch kein bisschen jungenhaft und entwaffnend menschlich mehr. Seine Miene war starr. Er meinte es ernst.

»Wir brauchen nur etwas Zeit«, redete er ihr zu. »Zeit, damit wir uns noch eine Chance geben können.«

»So einfach ist das nicht, und das weißt du.«

»Es ist ganz und gar nicht einfach«, entgegnete Cole. »Jemanden zu lieben ist nie einfach.«

Phoebe wollte noch etwas sagen, aber Cole sah sie nur leicht gekränkt an und teleportierte davon. Magische Energiefäden durchzogen die Luft, dann verschwanden auch sie.

Phoebe drehte sich um und starrte wie gebannt auf Coles Mitbringsel. Es stimmte, der Mokka-Frappuccino war ihr Lieblingskaffee ... jedenfalls war er es bis zu diesem Augenblick gewesen.

Sie nahm die Becher mit spitzen Fingern, als hätte sie Angst, gebissen zu werden (alles schien möglich!), und beförderte sie in den Mülleimer. Dann setzte sie sich wieder an den Schreibtisch, fuhr den Computer hoch und tippte los.

Liebe Phoebe,

ich habe einen riesengroßen Fehler gemacht. Ich habe mich in den Falschen verliebt. Ich weiß, ich weiß, so etwas liest du ständig, aber gib mir bitte die Gelegenheit, es zu erklären. Es ist nicht der übliche rührselige Schmalz – meine Geschichte ist anders.

Der Typ, in den ich mich verliebt habe, ist nämlich ein

Dämon. Also, ein Halbdämon jedenfalls. Und er hat mit den bösen Mächten zusammengearbeitet, um mich und meine beiden Schwestern zu vernichten.

Habe ich dein Interesse geweckt?

Gut.

Er war die Liebe meines Lebens. Ich habe alles für ihn aufgegeben: meine Familie, meine Freunde ... mein Leben als Hexe und eine der Zauberhaften ...

Ich bin im wahrsten Sinne des Wortes durch die Hölle gegangen, um seine Braut zu werden.

Sicher, irgendwann bin ich zur Vernunft gekommen. Seitdem habe ich alles Erdenkliche getan, um ihn loszuwerden. Aber es nützt alles nichts.

Ich würde ihm gern sagen: »Hey Cole, wie soll ich dich vermissen, wenn du gar nicht weggehst?«

Nein, Moment, das habe ich ihn schon gefragt.

Wie ich schon sagte, es nützt alles nichts. Gar nichts. Nada. Er kommt einfach wieder an, jedes Mal drängender, und er sagt, er liebt mich immer noch.

Was soll ich nur tun? Hege ich in meinem tiefsten Innern vielleicht den Wunsch, ihm noch eine Chance zu geben – trotz allem, was er getan hat?

Ich glaube nicht. Ich will Nein sagen.

Die Wahrheit ist ...

Die Wahrheit ist ...

»Die Wahrheit ist, dass ich nicht weiß, was die Wahrheit ist«, sagte Phoebe, nahm die Hände von der Tastatur und schaltete ihren Computer aus, ohne ihn ordnungsgemäß herunterzufahren.

Sie nahm ihre Tasche und die Zuschriften der Hilfe suchenden Leserinnen und rauschte aus dem Büro. Zufrieden stellte sie fest, dass es diesmal keine Überraschungen gab.

Sie überlegte kurz, ob vielleicht jemand beobachtet hatte, wie Cole in ihr Büro gekommen war, und sich nun darüber wunderte, dass er es nicht wieder verlassen hatte – jedenfalls nicht durch die einzige Tür, die es gab. Aber es war niemand in dem großen Büro zu sehen. Moment, das stimmte nicht ganz. George war zwar weg, aber zwei Jungs, die Phoebe nicht kannte, hockten noch ganz hinten in der Nähe des Wartungsraums an ihren Schreibtischen und starrten gebannt auf die Computerbildschirme. Praktikanten vielleicht. Oder Studenten, die als Rechercheure arbeiteten. Sie trugen Lederjacken und Jeans, waren im College-Alter und ziemlich attraktiv, und sie schienen völlig in ihre Arbeit vertieft. Offenbar war ihnen Coles mysteriöser Auftritt gar nicht aufgefallen.

Phoebe schnappte überrascht nach Luft, als sie plötzlich in eine Pfütze trat und beinahe ausrutschte.

Erst jetzt merkte sie, dass sie unmittelbar vor Georges Schreibtisch stand. Rasch streckte sie die Hand aus und bekam gerade noch die Tischkante zu fassen. Mit knapper Not gelang es ihr, einen unangenehmen Sturz auf dem nassen Boden zu verhindern. Sie lehnte sich an den Schreibtisch, ließ die Kante vorsichtig wieder los und griff geistesabwesend nach dem Headset, das George benutzt hatte.

Im selben Augenblick fegte eine Flut von Bildern durch ihren Kopf.

Plötzlich war sie nicht mehr in der Nachrichtenredaktion. Ihre Vision hatte sie hinaus auf einen kleinen Landesteg in der Bucht geführt, irgendwo unten im Jachthafen. Mehrere Gestalten mit Umhängen hatten sich auf einer bizarren Plattform versammelt. Sie war aus behauenen Granit- und Marmorblöcken gebaut, die wie Grabsteine aussahen. Die Plattform war rund und mehrstöckig und mit riesigen Rohren versehen, von denen die Laute des wogenden Wassers aufgenommen und in eine leise, klagende Melodie verwandelt wurden.

Als Phoebe sich umsah, entdeckte sie römische Bauwerke: dicke Säulen, Wälle, eine Kuppel ...

Wurde sie Zeugin von etwas, das sich in der Vergangenheit ereignet hatte?

Das Horn eines modernen Frachters ertönte, der weit draußen in der Bucht kreuzte. Die Laute wurden von den Orgelpfeifen auf der Plattform aufgenommen und verstärkt. Nein, Phoebe blickte offenbar ins Hier und Jetzt – oder besser, ins baldige Hier und Jetzt.

Auf der Plattform nahmen die verhüllten Gestalten, zwei Dutzend an der Zahl, ihre Kapuzen ab. Phoebe erblickte geschwungene Hörner, schuppige Gesichter, messerscharfe Zähne und glühende, purpurrote Augen. Dämonen! Ihre Lippen bewegten sich, aber Phoebe verstand kaum etwas von dem, was sie sagten. Sie hörte die Namen von Stadtbezirken mit einer hohen Kriminalitätsrate und Sätze, die klangen als entstammten sie einer Geheimsprache.

Dann bemerkte Phoebe eine Bewegung zu ihrer Rechten. Es war George, der Kriminalreporter. Mit der Digitalkamera in der Hand duckte er sich hinter einen Felsen. Er war näher gekommen, um besser fotografieren zu können, und hatte bei seinem Manöver ein paar Steine ins Rutschen gebracht.

Die Dämonen drehten sich um, und einer entdeckte den Menschen, der sich hinter dem Felsen zu verstecken versuchte. Der Dämon, dessen Blick sich mit dem des verängstigten Reporters kreuzte, öffnete die Hand. Eine Feuerspirale sprang heraus, um den schreienden Menschen zu verschlingen, der keine Chance hatte wegzulaufen; keine Möglichkeit, seinem furchtbaren Schicksal zu entrinnen ...

Schaudernd kehrte Phoebe in die vergleichsweise unspektakuläre Welt der Nachrichtenredaktion zurück. Die beiden jungen Männer waren aufgesprungen und kamen auf sie zu.

»Alles in Ordnung, mir geht es gut«, sagte Phoebe, sammelte sich und sah den beiden mit einem freundlichen, überzeugenden Lächeln im Gesicht entgegen, das falscher nicht hätte sein können.

Einer der beiden war groß und schlaksig und hatte graublaue Augen, die Phoebe an Katzenaugen erinnerten. Der andere war kleiner und, wie ein Bodybuilder, von kompakter Statur, mit kleinen, aber kräftigen Händen.

»Ist auch bestimmt alles in Ordnung?«, fragte der Größere, während sein Kollege ein paar Zeitungsblätter vom nächsten Schreibtisch holte und sich bückte, um die Sodapfütze aufzuwischen.

»Sicher, nur ein Migräneanfall – zu lange gearbeitet, ihr wisst ja, wie das ist«, scherzte Phoebe. »Keine große Sache.«

»Sollen wir dich zu deinem Auto bringen?«, fragte der Kleinere, der mit der Bodenreinigung beschäftigt war.

Phoebe lächelte, diesmal gelassen und ehrlich dankbar. Der Typ, der vor ihr kniete, hatte ebenfalls graublaue Augen. Waren die beiden etwa Brüder?

»Das vergeht schon wieder«, sagte sie und tippte sich an die Schläfe, um auf die Migräne anzuspielen, die sie zur Vertuschung ihrer unerwartet aufgetretenen Zukunftsvision erfunden hatte.

Rasch machte sie einen großen Schritt über das aufgeweichte Zeitungspapier auf dem Boden und eilte davon. Sie musste ihre Schwestern benachrichtigen und ihnen erzählen, was sie gesehen hatte. Ein Unschuldiger musste gerettet werden. Den Bruchstücken nach zu urteilen, die sie von dem Gespräch zwischen George und seinem Informanten mitbekommen hatte, war keine Zeit zu verlieren!

Phoebe merkte nicht, dass die beiden jungen Männer aus dem Nachrichtenraum ihr mit eisigem Blick nachsahen, als sie ging.

»Mr Sigh«, sagte der Größere leise.

Der Kleinere richtete sich auf. »Mr Tremble.«

Das waren natürlich nicht ihre richtigen Namen. Die durften sie aufgrund eines Entscheids der Erlauchten der Finsternis nicht verwenden, die uneingeschränkte Macht über die Mitglieder des Dämonenclans von Sigh und Tremble hatten.

Ihre einst so stolze Herrscherfamilie war tief gesunken.

Nun war es an Sigh und Tremble, die Dinge wieder in Ordnung zu bringen.

»Der Reporter hat keine Ahnung, auf was er sich einlässt?«, fragte Tremble.

»Einerseits ja, einerseits nein«, entgegnete Sigh. »Der Mann, den ich bestochen habe, damit er den Anruf macht, hat ihm Zeit und Ort eines Treffens der Unterwelt-Verbrecherbosse dieser Stadt genannt. Und dieses Treffen will er sich ansehen.«

»Ja. Der Knackpunkt ist nur, was mit ›Unterwelt‹ gemeint ist. Er versteht etwas anderes darunter als wir.«

Mr Sigh lächelte. »Es war sicherlich auch eine Portion Glück mit im Spiel, als die Hexe das Telefon berührt hat und dadurch die Vision ausgelöst wurde.«

»Obwohl sie noch mehr Glück gehabt hätte, wenn sie gesehen hätte, dass wir das alles arrangiert haben.«

»Zum Glück für uns hat sie es *nicht* gesehen!«

Der größere Mann lachte. »Wir nehmen unser Glück selbst in die Hand.«

»Das tun wir!«

Sigh und Tremble besaßen große Macht über die Geschicke; sie konnten das beeinflussen, was die meisten als Glück oder Pech betrachteten. Sie gaben und nahmen, wie es ihnen beliebte.

»Was ist mit Cole, dem Ex-Mann der Hexe?«, fragte Mr Sigh. »Vor nicht allzu langer Zeit war er die *Quelle*. Dann wurde er von den Zauberhaften bezwungen, kehrte jedoch mit noch größerer Macht zurück.«

»Das ist wahr. Wenn er uns mit dem, was heute Nacht geschehen soll, in Zusammenhang bringt, hat das Konsequenzen. Aber wir waren sehr vorsichtig. Dem Mann, den wir bezahlt haben, damit er den Anruf macht, müsste jeden Augenblick ein Unglück widerfahren, irgendetwas mit einem außer Kontrolle geratenen Bus, glaube ich. Mach dir keine Sorgen, alles ist in Ordnung.«

»Im Namen der Rache«, sagte Mr Sigh und fasste seinen Bruder am Arm.

Mit einem triumphierenden Nicken erwiderte Mr Tremble die Geste und sagte: »Im Namen der Gerechtigkeit!«

Alles war bereit. Schon bald würden sowohl die Zauberhaften als auch die Dämonen, die den Clan von Sigh und Tremble unterdrückten, vernichtet sein.

2

*I*m *P3*, dem Nachtklub, dessen Besitzerin und Geschäftsführerin Piper Halliwell war, ging es ruhig zu. Und das war ein Problem. Klubbesitzer waren scharf auf große Menschenmengen, Aufregung und viel Lärm. Diese drei Faktoren verwandelten sich in der Regel in einen endlosen Geldstrom, der ihnen in die Taschen floss.

Piper, eine zierliche elegante Brünette, sah flott aus in ihrem gelben Strick-Tanktop mit V-Ausschnitt und der ausgestellten weißen Schlaghose mit dazu passenden Schuhen. Ihrer bescheidenen Meinung nach entsprach ihr Aussehen genau dem einer Klubbesitzerin des einundzwanzigsten Jahrhunderts – selbstbewusst und bereit, denjenigen zu erwürgen, der sie dazu überredet hatte, einen Open-Mike-Abend, einen Abend, an dem die Bühne jedem offen steht, anzukündigen, obwohl sie wohl besser irgendein heißes Talent gebucht hätte.

»Die Leute werden schon noch in Fahrt kommen«, sagte Leo tröstend und fuhr sich verlegen mit den Fingern durch das blonde Haar, als er mit einem Nicken auf die leere Bühne deutete.

»Das hast du bestimmt direkt vom Hohen Rat, was?«, meinte Piper.

Leo, ein großer, gut aussehender Traummann – kaum zu glauben, dass er bereits vor über sechzig Jahren gestorben und als Wächter des Lichts, als Schutzengel, wieder geboren worden war – blickte verdutzt drein. Er zupfte an seinem Rollkragenpullover und zog ihn über seiner khakifarbenen Hose glatt.

»Warum sollte sich der Hohe Rat mit Klubangelegenheiten befassen?«, fragte er mit erstaunlicher Ernsthaftigkeit. Selbst Piper konnte nicht lange sauer auf ihn sein, wenn er sie so ansah wie jetzt, wie ein kleiner Hund.

Nun … außer, wenn er abberufen wurde, um seinen

Pflichten nachzukommen, wenn sie ihn wirklich brauchte. Oder wenn er eine Frage mit einer Gegenfrage beantwortete, weil er die Anweisung erhalten hatte, keine wichtigen Informationen herauszurücken. Oder auch, wenn …
Piper hielt schaudernd inne.

Ich bin eine gute Hexe, eine gute Hexe, eine gute Hexe, sagte sie sich. Ich werde meine Macht nicht dazu einsetzen, meinen Ehemann in die Luft zu jagen.

Es sei denn, er kommt mir noch mal mit so einer dummen Idee, fügte sie in Gedanken hinzu.

»Also, Piper«, begann Leo aufmunternd, »ich glaube, du solltest selbst auf die Bühne gehen und die Party anschmeißen!«

Piper riss die Augen auf und sah ihren Mann an, als hätte er komplett den Verstand verloren.

»Ähm«, sagte er verlegen und ließ die Schultern hängen. »Das sagt man doch, oder? ›Die Party anschmeißen‹, meine ich. Das höre ich öfter im Fernsehen …«

»Ja, das sagt man«, entgegnete Piper missbilligend. »Wenn man ein Teeny-Popstar ist.«

Leo runzelte die Stirn. »Okay, wo liegt eigentlich das Problem?«

Piper lehnte sich an die Theke und wies mit dem Kopf Richtung Bühne, wo ein großes Schild mit der Aufschrift OPEN-MIKE-ABEND! hinter einem einsamen Mikrofon hing, das neben einem Hocker, der Verstärkeranlage und den Boxen stand. Im ganzen Klub waren höchstens zwei Dutzend Gäste verstreut. Manche waren in kleinen Gruppen gekommen, andere saßen allein an einem Tisch. Es war ein toter Abend, und Piper war überzeugt davon, dass Leo mit seiner großartigen Idee jeden einzelnen Sargnagel dazu geliefert hatte.

Leo zog die Augenbrauen hoch. »Moment mal, dafür kannst du mich doch nicht verantwortlich machen!«

Mit ihrem eisigen Blick hätte Piper ganze Stadtviertel einfrieren können.

»Okay, offensichtlich kannst du es und tust es auch«, sagte Leo. »Aber das ist doch nicht fair, oder? Nur weil ich dienstlich quer durch die Stadt ins *Destiny Lounge* orben musste, wo wegen einem Happening, genauer einem Open-Mike-Abend ziemlich viel los war, und ich dir hinterher davon erzählt habe …«

»Typisch Mann! Bloß keine Verantwortung übernehmen!«, fiel Piper ihm ins Wort. »Und was ich dir noch sagen wollte – wenn du noch einen einzigen MTV-Ausdruck verwendest, muss ich annehmen, dass du ein verkleideter Dämon bist, und dich in tausend Stücke schlagen!«

»Oh-oh«, machte Leo lächelnd und hob mahnend den Zeigefinger, mit dem er vor Pipers hübscher Nase wedelte. »Du weißt, vor all diesen Leuten kannst du keine Magie benutzen. Ich bin in Sicherheit!«

Piper stieß einen verärgerten Schrei aus.

Ein Gast kam vorbei und nickte Leo und Piper höflich zu.

»Yo, Alter, wie geht's dir denn so?«, fragte Leo nickend.

Piper vergrub den Kopf in den Händen. »Das heißt: ›Was geht ab?‹, du schlechter Ice-Cube-Imitator!«

»Hm?«

»Ach, nicht so wichtig. Ich will dir mal was sagen. Wenn wir je die Andrew Sisters heraufbeschwören müssen, um einen Unschuldigen zu retten, werde ich sie bitten, für dich *Boogie Woogie Burgle Boy of Company B* zu spielen.«

»Das würdest du tun? Großartig! Ich habe sie mal in Hollywood gesehen, als ich …«

»Wie auch immer.« Piper wollte nicht schon wieder eine von Leos Kriegsgeschichten hören. Es war schon schlimm genug, dass sie vom Zweiten Weltkrieg handelten – einer anderen Zeit, einem anderen Jahrhundert genau genommen – und schon die Vorstellung, Leo würde anfangen, von den Stars in kurzen Röcken zu schwärmen, denen er begegnet war, war zu viel für Piper. Zudem gab es Augenblicke wie diesen, in denen sie nicht wusste, ob er ihren Sarkasmus einfach nicht mitbekam oder ob er sie nur zum Narren hielt.

»Dieser Titel war übrigens schon 1941 für einen Oscar nominiert«, fügte Leo hinzu. »Das hast du bestimmt nicht gewusst!«

»Vielen Dank für diese ausgesprochen unwichtige Information!«

»Für mich war das überhaupt nicht unwichtig. Ein Jahr später ...« Er wandte sich ab.

Ein Jahr später hatte er sein Leben im Kampf verloren, das wusste Piper. »Okay, okay«, schimpfte sie. »Ich habe mich nicht genug für deine Idee eingesetzt. Es musste zwangsläufig so kommen. Ich habe nicht daran geglaubt, dass es klappt, also habe ich mich erst gar nicht richtig bemüht. Zufrieden?«

Leo sah sie an und schenkte ihr sein strahlendstes Lächeln. »Ich bin immer zufrieden, wenn wir zusammen sind.«

Piper schmolz dahin.

Eigentlich konnte sie es nicht ausstehen, wenn er das tat, wenn er sie zum Schmelzen brachte und so weiter, aber die Schmetterlinge, die beim Dahinschmelzen in ihrem Bauch tanzten, waren es dann doch wert.

»Es ist noch nicht zu spät«, fuhr Leo fort. »Wie ich schon andeutete, vielleicht sind die Leute nur zu schüchtern und keiner will als Erster auf die Bühne ...«

Piper verschränkte die Arme vor der Brust und schüttelte sich. »Auf keinen Fall! Du kriegst mich nicht da hoch!«

»Ach, komm schon! Wo ist der Sportgeist geblieben, den du damals auf dem High-School-Treffen gezeigt hast?«

»Geist ist genau das richtige Wort«, entgegnete Piper rasch. »Ich war doch gar nicht ich selbst, als ich von dieser dahergelaufenen Geistermieze auf der Bühne rumgestoßen wurde.«

»Ja, aber du hast seeeeehr gut ausgesehen«, antwortete Leo begeistert.

Piper wurde rot. »Wirklich?« Dann kam sie wieder zur Besinnung. »Nein, hör mal, das Rampenlicht ist nichts für mich. Für Paige allerdings schon. Und Phoebe? Na ja, die hatte noch nie ein Problem damit, wenn größere Horden von

Jungs sie mit Wolfsblicken verzehren, als wäre sie Rotkäppchen, wenn du verstehst, was ich meine.«

Leo schüttelte lächelnd den Kopf. »Nein, nicht wirklich«, sagte er und täuschte Unverständnis vor, um Piper aufzuziehen.

»Ich bin schüchtern!«, rief Piper. Sie knallte die Faust auf die Theke und fügte hinzu: »Falls du es noch nicht bemerkt hast, ich bin richtiggehend gehemmt!«

»Nein, das ist mir bisher entgangen«, neckte Leo sie.

»Bei bestimmten Dingen bin ich das wirklich.« Piper blickte zu Boden. »Mir ist es unangenehm, wenn mich viele Leute angucken. In der High School war ich ziemlich scheu. Die anderen haben mich immer aufgezogen. Manche Dinge legt man anscheinend nie ab.«

Leo strich ihr tröstend übers Haar, dann über die Wange. »Wenn du dich so sehen könntest, wie ich dich sehe, würdest du nie wieder so etwas denken.«

»Ich liebe dich«, flüsterte Piper ihm zu.

»Ich dich auch.«

»Aber ich nicht.«

»Schade.«

Piper hatte eine Idee. »Hey! Du könntest doch da rauf gehen!«

»Und was soll ich da?«

Ein boshaftes Grinsen erschien auf Pipers hübschem Gesicht. »Du bist doch gut gebaut. Und du hast vor ein paar Monaten diese Strip-Nummer für mich abgezogen ... Ausziehen! Ausziehen!«

»Aber Piper!«, entgegnete Leo und zog sie an sich. Seine Stimme wurde rau. »Das war doch privat!«

Piper nickte in Richtung Bühne. »Erzähl mir nichts, lass lieber Taten sprechen!«

Leo zupfte an seinem Hemd. »Meinst du nicht, ich könnte vielleicht ein bisschen Keats vorlesen? Oder ... jetzt weiß ich was! Ich könnte *Sentimental Journey* singen! Das war im Krieg mein Lieblingslied. Ich habe es zum ersten Mal gehört, bevor ich aufs Schiff musste. Seitdem begleitet es mich, und wann immer ich eine Aufmunterung brauche, dann denke ich daran …«

»Probier es lieber mit Ausziehen, mein Schatz. Vertrau mir!«

Bevor Leo etwas erwidern konnte, fegte eine brünette junge Frau die Treppe herunter, die mit dem Zeigefinger auf dem Handy herumtippte.

»Es ist nicht zu fassen«, zischte sie. »Einfach nicht zu fassen!«

»Phoebe, meine Rettung!«, sagte Leo erleichtert.

»Das werden wir noch sehen! Du bist mir auf jeden Fall noch eine Privatvorstellung schuldig.«

»Darüber lässt sich reden«, entgegnete Leo und begann fröhlich, ein paar Takte von *Sentimental Journey* zu summen.

Es klang total süß, musste Piper sich eingestehen. Irgendwann hatte sie allerdings einmal im Internet recherchiert und erfahren, dass dieses Lied erst 1944 aufgenommen worden war. Daher konnte Leo es wohl nicht gehört haben, bevor er in den Krieg zog. Aber so hatte er die Dinge eben in Erinnerung, und weil es ihm so viel bedeutete, wollte sie ihn nicht mit dieser Sache aufziehen.

Phoebe rauschte heran. »Wir haben ein Problem! Ich habe auf dem Weg hierher versucht, euch anzurufen, aber mein Handy will irgendwie nicht. Ich habe heute wirklich ein Riesenpech!«

Leo wies mit dem Kopf auf die leere Bühne. »Und ich habe ein Riesenglück«, freute er sich. »Ein Unschuldiger in Gefahr – das bedeutet, der Wächter des Lichts hat keine Zeit für die Bühne.«

Phoebe schob verwundert die Unterlippe vor. »Von einem Unschuldigen habe ich nichts gesagt.«

»Aber es gibt einen, nicht wahr?«, fragte Leo hoffnungsvoll.

Es gab einen. Phoebe schilderte die Lage.

»Das einzige Problem ist, dass ich nicht genau weiß, wo wir hinmüssen«, sagte sie schließlich.

Leo lachte. »Das ist einfach. Bei dem Ort, den du beschrieben hast, muss es sich um den *Palast der Schönen Künste* handeln, da gibt es das so genannte *Exploratorium*. Die Plattform, die du gesehen hast, heißt *Wellenorgan*. Ich gehe von Zeit zu Zeit hin, um mir die Musik anzuhören. Man muss sehr leise sein, um sie zu hören. Es klingt ganz ähnlich wie ...« Er legte den Kopf schräg und nickte Richtung Decke.

»In der Etage über uns?«, fragte Phoebe.

»Ganz weit über uns«, antwortete Leo geduldig.

»Oh! Ach so. Flügelschläge und Gesang und sanfte, schmalzige Schmusemusik«, sagte Phoebe. »Das ist nichts für mich! Ich will, dass im Leben nach dem Tod die Post abgeht!«

»Das wird bei dir ganz bestimmt so sein«, meinte Leo. »Im positiven Sinne, meine ich«, fügte er rasch hinzu.

»Wo steckt Paige eigentlich?«, fragte Phoebe. »Wir brauchen sie jetzt.«

»Du würdest es nicht glauben, wenn ich es dir sage«, entgegnete Piper.

»Vielleicht zeigst du es mir einfach. Danach fahren wir nach Hause und mixen schnell ein paar Zaubertränke zusammen. Die werden wir nämlich brauchen bei den vielen bösen Jungs, die ich gesehen habe!«

Piper nickte. Sie wünschte, sie hätte sich nicht darüber beschwert, dass es im Klub ein bisschen ruhiger zuging als sonst.

Schon bald gab es bestimmt mehr Action, als ihr lieb war.

Paige Matthews, die Halbschwester von Piper und Phoebe und obendrein zur Hälfte Wächterin des Lichts, saß auf einem kleinen Schreibtischstuhl im örtlichen Gemeinde-College. Sie nahm an einem Abendkurs für Stammbaumforschung teil.

Mensch, wer hätte gedacht, dass so viel Arbeit damit verbunden ist!, dachte sie und starrte auf das Wirrwarr aus Notizen auf ihren Arbeitsblättern, die der Kursleiter zu Beginn der Stunde verteilt hatte. Die Notizen führten auf der einen Seite des Blatts nach oben, auf der anderen wieder herunter, und manchmal bildeten sie konzentrische Kreise, in denen die Schrift immer kleiner wurde.

Paige hatte eigentlich nichts gegen das Lernen und schwere Arbeit. Bis vor ein paar Monaten war sie als Sozialarbeiterin beschäftigt gewesen.

Dann hatte sie sich fast vollständig dem komplexen Studium der magischen Künste gewidmet, und sie hatte jede Minute davon genossen. Den Abendkurs besuchte sie jedoch nur zum Spaß.

Oder ... vielleicht gab es doch ein, zwei Gründe dafür.

Der kleine Klassenraum war nur halb besetzt und Paige fragte sich, ob der Dozent, ein großer, griesgrämiger Mann in einem schrecklichen Tweedanzug, seinen Frust über die magere Teilnehmerzahl an den Kursbesuchern ausließ, die den Fehler gemacht hatten, tatsächlich an diesem Abend zu erscheinen. Der Dozent, der passenderweise Louis Lasher hieß, war gerade damit beschäftigt, ein kompliziertes Diagramm an die Tafel zu zeichnen. Paige wusste, sie sollte sich besser auf das Schaubild konzentrieren und rasch alles abschreiben, damit sie fertig war, wenn der Mann anfing, das Ganze im Affentempo zu erklären.

Aber wenn sie das tat, konnte sie nicht mehr zu dem göttlichen, asiatisch aussehenden Typen hinüberlinsen, der neben ihr saß.

»Ben Kwatsai«, sagte er, ohne sie anzusehen.

Paige schreckte auf, zog eine Augenbraue hoch und schaute ihn nun ganz unverhohlen an. Er lächelte.

»Ich bin Sportlehrer«, sagte er leise. »In meinem Beruf ist es von Vorteil, wenn man überall Augen hat.«

»Oh«, sagte Paige, »du hast mich beim peilen erwischt.«

»Ja, das habe ich.«

»Und das ist okay?«

»Ja.«

Paige gefiel der Kurs schlagartig viel besser. »Ich möchte mehr über meine Familie herausfinden.«

»Ich auch. Ich habe erst kürzlich erfahren, dass ich adoptiert wurde, und ...«

Der Dozent fuhr mit knallrotem Gesicht und fast violetten Ohren zu ihnen herum. »Wenn Sie nicht zum Lernen hergekommen sind, würde ich vorschlagen, Sie setzen Ihren Flirt irgendwo anders fort!«

Ben nickte und überlegte. Hinter vorgehaltener Hand raunte er Paige zu: »Das, was er da aufmalt, habe ich mir alles schon aus dem Internet geholt. Ich könnte es dir schneller beibringen. Willst du mit mir in die Bibliothek gehen?«

»Sehr gern!«

Ben packte seine Sachen und Paige tat es ihm nach. Ein paar Minuten später überquerten sie bereits den Campus und lachten immer noch über Mr Lashers Wutausbruch, nachdem sie verkündet hatten, dass sie wirklich gehen wollten. Wenn man aufmerksam lauschte, konnte man ihn immer noch toben hören. So schien es jedenfalls.

Die Bibliothek war ziemlich geräumig, und es waren kaum Leute da. Ben und Paige setzten sich an einen langen Tisch, auf dem ein Dutzend Computerterminals installiert waren. Die Hexe mit dem rötlichen Schimmer im Haar beobachtete beeindruckt, wie Bens lange gelenkige Finger mit einer Anmut, die sie ihm angesichts seines Berufs gar nicht zugetraut hätte, über die Tastatur flogen. Seine Selbstsicherheit war bezwingend. Paige sah, wie ihn mehrere andere junge Frauen interessiert beäugten.

Husch, husch, weg mit euch!, dachte sie. Er gehört mir!

»Ich weiß, wie es ist, wenn man zwei Familien hat«, sagte sie. Sie fühlte sich sehr wohl in der Gesellschaft dieses Mannes, so als würden sie sich schon lange kennen. »Früher habe ich mich immer ausgeklinkt, wenn die Leute anfingen über Tante Soundso oder Opa Soundso zu sprechen, und jetzt ...«

»Jetzt würdest du gern etwas über sie erfahren, aber es gibt niemanden, den du fragen könntest.«

Paige nickte und hatte schon bald Gelegenheit, auf ein paar Fragen über ihre Vergangenheit Antworten zu finden. Ben hatte sich mit Hilfe von Passwörtern auf einigen Websites eingeloggt, und erklärte ihr, dass er für den Zugang zu Archiven und Registern Gebühren entrichtet hatte.

»Das ist alles ganz legal«, sagte Ben. »Man nutzt lediglich die Möglichkeiten, die von den Leuten da draußen zur Verfügung gestellt werden.«

»Großartig!«, sagte Paige begeistert, weil sie nicht wusste, was sie sonst sagen sollte. Ihr Instinkt signalisierte ihr, dass dieser Typ in jeder Hinsicht perfekt für sie war ... und das war wiederum total verrückt. Sie hatte ihn ja gerade erst kennen gelernt!

»Gib mir noch ein paar Sekunden«, sagte Ben und tippte weiter. »Da ist etwas ... Ich glaube, wir haben Glück.«

»Ich sowieso«, flüsterte Paige und widerstand der Versuchung, ihr Gesicht an seine starke Schulter zu schmiegen.

Außer einem Lächeln zeigte Ben keine weitere Reaktion auf ihre Äußerung. »Hier!« Er lehnte sich zurück.

Paige riss ihren Blick von Ben los und sah zum Monitor, auf dem ein Artikel aus einer alten Zeitung von Los Angeles erschienen war. Ihr Mund klappte auf, und sie legte die Hand auf Bens Arm. Sie hatte das Bedürfnis, sich festzuhalten, als sie das Gesicht betrachtete, das ihr vom Bildschirm entgegenblickte.

Das bin ja ich!, staunte sie.

Zumindest sah die Frau auf dem Foto aus der Zeit um den Zweiten Weltkrieg genauso aus wie sie; bis auf die Frisur und die Klamotten, die damals der letzte Schrei gewesen sein mussten.

»Sie sieht wie ein Filmstar aus«, bemerkte Paige ergriffen.

»Das war sie auch, wie man hier lesen kann.«

»Wirklich?«

»Penny Day Matthews«, las Ben vor, »schloss heute ihren Vertrag mit den *Osiris Studios* für die Hauptrolle in dem Film *Nächte unter dem Sternenbanner* ab, einer romantischen Geschichte über unsere Jungs an der Front und die Frauen, von denen sie geliebt werden.«

»Und sie war meine …?«, fragte Paige. Es interessierte sie brennend, in welchem Verhältnis sie zu dieser glamourösen Dame stand.

»Nach den Infos zu urteilen, die ich gefunden habe, bevor ich auf diese Website stieß, muss sie deine Großtante von der Seite deines Adoptivvaters sein.«

Paige setzte sich verwirrt auf. »Aber das verstehe ich nicht. Sie sieht genauso aus wie ich. Wie kann das sein, wenn ich von dieser Familie nur adoptiert wurde?«

»Die Vergangenheit ist voller Geheimnisse«, sagte Ben leise. »Meine auf jeden Fall. Ich will so viel wie möglich über meine leiblichen Eltern herausfinden, bevor ich mich entscheide, ob ich sie kennen lernen möchte oder nicht. Ich glaube, meine Großeltern waren im Krieg in einem Internierungslager. Welche Folgen das für meine leiblichen Eltern hatte und ob es mit ihrer Entscheidung, mich abzugeben, zu tun hat … das weiß ich nicht. Aber ich will es herausfinden. Ich war schon immer der Meinung, dass es das Beste ist, so viel wie möglich über jemanden zu erfahren, bevor man ihn in sein Leben lässt.«

»Ach, komm schon«, sagte Paige und gab Bens kräftigem Arm einen Stups. Sie spürte, wie er sich vor ihr zurückzog und die eben aufgebaute Vertraulichkeit zu schwinden drohte, denn er wurde sich offenbar der Bedeutung seiner Äußerung bewusst. »Glaubst du nicht an das Schicksal? Oder dass es so etwas wie Bestimmung gibt?«

»Ich weiß es nicht.«

»Wie ist es mit dem Glück? Du hast doch vorhin von Glück gesprochen.«

Ben lächelte. Dann ergriff er ganz unerwartet Paiges Hand und hauchte einen Kuss darauf – ganz wie ein Ritter aus einem König-Artus-Film. »Fortuna ist eine Frau, wie es so schön heißt.«

Paige hatte das Gefühl, ihr springe gleich das Herz aus der Brust. Sie suchte fieberhaft nach einer vernünftigen Antwort, als sie plötzlich ihre Schwestern und Leo erblickte, die in die Bibliothek geeilt kamen. Phoebe warf giftige Blicke auf ihr Handy, und Piper verdrehte die Augen.

»Paige, hallo«, sagte Leo und ergriff die Initiative. »Hast du mal kurz Zeit für uns?«

Sein Gesichtsausdruck war eindeutig: Es gibt Probleme, wir brauchen dich, verriet er. Paige fluchte innerlich.

Sie griff zur Maus, holte das Notepad-Programm auf den Bildschirm und tippte ihre Telefonnummer ein.

»Rufst du mich an?«, fragte sie Ben.

»Ich wäre ja blöd, wenn nicht«, versicherte er ihr. »Und ich bin nicht blöd.«

Eine Minute später waren sie draußen. Piper zeigte sich wie gewohnt frustriert. »Du warst nicht in dem Kurs«, schimpfte sie. »Wir mussten praktisch einen Ortungszauber machen, um dich zu finden!«

»Na, jetzt habt ihr mich ja gefunden. Was ist denn los?«, fragte Paige.

Leo, Phoebe und Piper brachten sie rasch auf den neusten Stand.

»Das Palais macht bald zu«, erklärte Leo. »Ich denke, die Dämonen haben die Dienst habenden Wachleute entweder bestochen oder k. o. geschlagen. Das würde erklären, warum sie sich an dem Ort versammeln konnten, den Phoebe in ihrer Vision gesehen hat.«

»Ich dachte, die mögen Parkhäuser, dunkle Gassen und verlassene Lagerhäuser«, sagte Paige, die ziemlich unerfreut über das abrupte Ende ihres Abends mit Ben war, obwohl sie wusste, dass ihre Verpflichtungen, die sie als eine der Zauberhaften hatte, immer an erster Stelle kamen.

»Unter Umständen gibt es an diesem Ort einen Zusammenfluss magischer Strömungen«, sagte Leo. »Vielleicht ist die Musik dort deshalb auch so schön, so wohltuend fürs Gemüt ...«

»Wohltuend und schön, klar«, unterbrach ihn Piper. »Unterm Strich heißt das: Dämonen – übel. Dämonen, die sich an einem energetischen Ort versammeln – noch übler. Ein Unschuldiger, der vor einer ganzen Horde Dämonen gerettet werden muss, die sich bestimmt nicht darüber freuen werden, uns zu sehen – übler geht es gar nicht!«

»Was wissen wir über diese Kerle?«, fragte Paige und vergewisserte sich mit einem Blick, ob die dunkle Ecke an der Hecke auf der Rückseite des Gebäudes tatsächlich verlassen und weit genug entfernt von neugierigen Augen war, damit sie das tun konnten, was sie tun mussten. »Die Dämonen, meine ich.«

Leo klärte sie auf, und Phoebe ließ endlich von ihrem Handy ab, das ganz offensichtlich verflucht war. Sie warf es in ihre große Tasche, bevor sie Zaubertränke, Waffen und ein paar rasch hingekritzelte magische Formeln herausholte.

»Wir haben versucht, dich anzurufen. Keines von unseren Handys funktioniert«, sagte sie. »Das ist bestimmt ein Fluch. Irgendein böser Zauber.«

Piper zuckte mit den Schultern. »Oder wir waren alle zu beschäftigt und haben vergessen, die Akkus aufzuladen.«

Paige nahm ihre Schwestern bei den Händen. »Also, ich fühle mich ziemlich aufgeladen. Lasst uns loslegen!«

Leo nickte, und schon wurden alle vier von einem Wirbel aus leuchtend weißem Licht umfangen ... und verschwanden.

3

LEO STAND ALLEIN IN DER DUNKELHEIT am Wasser und wartete darauf, dass George Phinnagee an dem Ort eintraf, den Phoebe in ihrer Vision gesehen hatte. Wie gern wäre er in der Nähe seiner Frau gewesen! Piper, Phoebe und Paige hatten auf der anderen Seite des steinernen Bauwerks mit der einzigartigen Wellenorgel Position bezogen. Die mit Umhängen bekleideten Dämonen hatten sich auf den Stufen der Plattform versammelt. Leos größter Wunsch war es, die Frau zu beschützen, die er liebte, aber er wusste, er schadete der natürlichen Ordnung der Dinge mehr, als dass er ihr nützte, wenn er versuchte, sich gegen den Willen des Hohen Rats – und des Schicksals selbst – aufzulehnen, indem er sich der drohenden Gefahr in den Weg stellte.

Eigentlich war er schon vor über sechzig Jahren gestorben, aber jedes Mal, wenn er sich wieder in Zurückhaltung üben musste, lediglich anleiten und unterstützen durfte und ruhig bleiben musste, wenn die Gemüter aufbrausten oder Erregung aufkam, fühlte es sich für ihn aufs Neue an wie das Sterben.

Was nicht heißen sollte, dass Piper auch nur im Entferntesten hilflos war. Sie war eine der drei mächtigsten Hexen der Welt. Ihre Macht und die Bindung zwischen ihnen hatten ihn genauso oft gerettet wie er Piper durch die besonnene Ausübung seines Amtes gerettet hatte.

Dennoch …

Im Zweiten Weltkrieg hatte er als Arzt gearbeitet, als Heiler, und die Feinde, gegen die er kämpfte, waren Verletzungen, Krankheit und Tod gewesen. Als er selbst umkam, war er als Wächter des Lichts wieder geboren worden, als Schutzengel für Hexen, andere potenzielle Wächter des Lichts und Menschen, die von Dämonen gejagt wurden, weil sie in ihrem Leben Gutes getan hatten oder zukünftig noch tun würden.

In seinem zweiten Leben – und auch schon bevor ihm die Zauberhaften als Schützlinge zugewiesen wurden – kämpfte Leo nun gegen die Finsternis und das Böse in jeder erdenklichen Form. Er hatte vielen das Leben gerettet, indem er seine Schutzbefohlenen behutsam den Klauen des Bösen und seinen unendlichen Versuchungen entriss, aber auch, indem er sich unerschrocken jeder noch so furchtbaren Kreatur entgegenstellte, von der jemand bedroht wurde, der unter seiner Obhut stand.

Leo spürte die starken Kräfte, die von den verhüllten Gestalten ausgingen. Es waren Dämonen der mittleren und oberen Kategorie, Kreaturen mit der Fähigkeit, den Lebenden, den Toten und sogar der Erde Kraft und magische Energie zu entziehen. Es war nicht verwunderlich, dass sie diesen Ort für ihr Treffen gewählt hatten. Das Bauwerk diente als Brennpunkt, als Verstärker, und zwar nicht nur für die angenehmen Naturklänge aus dem Wasser. Es verstärkte auch das magische Potenzial eines jeden, der dort oben stand ... und damit auch seine Kräfte.

Kurz gesagt, die Sache war höllengefährlich.

Leo hörte ein Rascheln und streckte den Kopf aus dem dunklen, feuchten Graben, den er sich als Versteck ausgesucht hatte. Der Mann im Tweedanzug bewegte sich geschmeidig und verstohlen, obwohl seine Kleidung auffiel.

Der Reporter war gekommen.

Leo hoffte inständig, dass Piper und die anderen bereit waren, stürzte los und schnappte sich den Reporter von hinten. Mit der einen Hand packte er ihn an der Brust und klemmte den Arm fest, in dem der Reporter die Kamera hielt, mit der anderen verschloss er ihm den Mund, damit er nicht zu schreien anfing und die Dämonenversammlung aufmerksam wurde.

»Glauben Sie mir – wenn Sie wüssten, was hier passiert, wären Sie mir dankbar«, sagte Leo.

Und schon orbte er mit dem Reporter davon. Aus irgendeinem Grund klang das Läuten, das den Vorgang der Teleportation begleitete, viel höher und schriller als sonst; es klang eher nach Schreien als nach Geläut.

Phoebe hielt die Luft an, als die Dämonen sich zu dem weißen Lichterwirbel umdrehten, den Leo nach seiner blitzschnellen Rettungsaktion hinterlassen hatte. Sie und ihre Schwestern kauerten auf der anderen Seite der Plattform im Matsch, der ihren Klamotten und Schuhen gegenüber keine Gnade zeigte. So war das, wenn man das Böse bekämpfte!

Sicher, sie hätten einfach den Unschuldigen rausholen und die Dämonen sich selbst überlassen können, aber es ging offenbar etwas ziemlich Übles vor sich. Nicht umsonst versammelten sich die Dämonen in so großer Zahl.

Eines war allerdings merkwürdig. Diesmal hatte Phoebe mehr als nur ein paar Fetzen der Dämonengespräche mitbekommen. Sie sprachen in der Tat von Vierteln in San Francisco, die eine hohe Kriminalitätsrate hatten, und es schien, als stehe jeder von ihnen einem übernatürlichen Verbrechersyndikat in einem der Gebiete vor. Aber inzwischen hatten sie angefangen, sich darüber zu streiten, wer das Treffen einberufen hatte und warum, und seltsamerweise wollte es keiner von ihnen gewesen sein. War dieses Treffen etwa von jemand anderem arrangiert worden? Wenn ja, warum?

»Es wird Zeit!«, flüsterte Piper. »Denkt dran, was Leo gesagt hat – jeder Zauber, den wir anwenden, wird mindestens zehnfach verstärkt. Wahrscheinlich ist das der Grund, warum sie sich hier versammeln, denn wenn einer von ihnen auf die Idee kommt, einen anderen anzugreifen, fliegen sie alle in die Luft. Also wählt eure Ziele sorgfältig und seid auf die möglichen Auswirkungen gefasst!«

»Aye, aye, Sergeant Piper!«, entgegnete Paige, nahm Haltung an und salutierte. »Los geht's!«

Die Drei brachen aus der Deckung hervor. Phoebe sprang ab und schwebte auf die Plattform. Sofort drehten sich die Kapuzendämonen nach ihr um. Sie warf einen Zaubertrank hinab und schlug einen Salto rückwärts in der Luft, mit dem sie nur knapp einem Schwert entging, das ein Dämon aus dem Umhang gezogen hatte. Sie landete genau dort, wo sie losgeschwebt war, während Piper und Phoebe eine Schutzformel sprachen. Schon zersplitterte das kleine Glasfläschchen mit dem Zaubertrank mitten in der Dämonenversammlung. Der Zaubertrank entzündete sich, und ein violetter Schutzschild baute sich zwischen den Zauberhaften und dem Chaos auf, das umgehend ausbrach. Es donnerte fürchterlich und es gab eine grelle Explosion. Rotgelbe und schneeweiße Energieblitze schossen in alle Richtungen. Zwei Dämonen verbrannten, während andere in die Luft flogen und der Rest von der Druckwelle in alle Richtungen zersprengt wurde. Der Schutzschild verbog sich, denn die Wucht der magischen Zerstörung, die von den Zauberhaften ausgelöst worden war, übertraf ihre Erwartungen, aber er hielt stand.

»Hey, du großes, finsteres, gehörntes Monster!«, brüllte Phoebe einem benommenen Dämon zu, der sein hässliches, schuppiges Gesicht in ihre Richtung drehte. Seine gebogenen Hörner glänzten im Mondlicht. Ha, das habe ich schon immer mal sagen wollen!, dachte sie. »Jetzt pass mal auf!«

Schon setzte Phoebe zu einem Roundhouse-Kick an, mit dem sie den Dämon unter seiner stinkenden Schnauze erwischte. Päng! Sein Kopf flog nach hinten, und er stolperte auf einen anderen Dämon zu, als Piper beide Hände erhob.

»Feuer marsch!«, rief sie.

Phoebe und Paige gingen in Deckung, als Piper eine schnelle Handbewegung machte. Die beiden Dämonen, die zuvor zusammengestoßen waren, explodierten mit einer solchen Wucht, dass die ganze Plattform wackelte.

Phoebe wirbelte um die eigene Achse und sah – Igitt! –, wie mit Schwindel erregender Geschwindigkeit ein Haufen Dämonenüberreste inklusive spitzer Zähne und gefährlicher Knochensplitter auf sie zugeflogen kam.

»Erstarren!«, rief Piper und machte erneut eine Handbewegung. Sämtliche Dämonen auf der Plattform – und der

Furcht erregende Klumpen Überreste von Dämonen, die Piper vernichtet hatte – verharrten reglos, als hätte jemand die Pausentaste auf der Fernbedienung für den Videorekorder gedrückt.

Piper lief auf Phoebe und Paige zu, und sie versteckten sich hinter einem Felsvorsprung. Piper wollte gerade mit den Fingern schnippen, da hielt Paige sie zurück.

»Warte noch!«, sagte sie und hielt Pipers Hand fest.

»Ich habe mir gerade ein sehr gutes Paar Schuhe ruiniert, mir steht der Sinn nicht nach warten!«, entgegnete Piper gereizt. Sie wollte die Erstarrung umgehend aufheben, aber Paige, die neben ihr kniete, war in heller Aufregung.

»Warte bitte!«, bat sie. »Hör mal, normalerweise funktionieren deine Fähigkeiten anders. Vernichten heißt vernichten, oder? Hübsch und ordentlich, ohne dicke Klumpen Igittigitt, stimmt's?«

»Igitt, finde ich auch«, bemerkte Phoebe.

»Vielleicht ist die Erstarrung so stark, dass wir einfach rauslaufen und sie einen nach dem anderen vernichten können – schön der Reihe nach, ohne Stress und Gegenwehr.«

»Vielleicht«, entgegnete Piper. »Aber wo bleibt da der Spaß?«

Sie schnippte mit den Fingern, und Schreie wurden laut. Weitere Dämonen starben, als der Klumpen Überreste mitten durch sie hindurchfegte.

Paige sprang aus der Deckung hervor. »Gut, dann will ich mal sehen, was ich tun kann!« Sie streckte eine Hand aus und befahl: »Schwert!«

Das Schwert, das ein Dämon eben noch in der Hand gehalten hatte, verschwand und tauchte in Paiges Hand wieder auf. Es geschah so rasch, dass sie es kaum zu fassen bekam. Zum Glück waren ihre Reflexe an diesem Ort schneller als sonst, und sie angelte das Schwert gerade noch rechtzeitig aus der Luft und riss es nach vorn.

»Und wieder zurück!«

Das Schwert schimmerte, verschwand und tauchte in der

Brust des Dämons wieder auf, dem Paige es gerade zuvor weggeschnappt hatte. Mit einem schmerzerfüllten Aufschrei kippte er um und schlug der Länge nach hin.

Phoebe zog ebenfalls in den Kampf und schlug und trat mit bislang ungeahnter Kraft nach allen Seiten aus. Dennoch hatte sie ein komisches Gefühl. Irgendwie war die ganze Sache zu einfach.

Sie zuckte mit den Schultern und vernichtete mit einem weiteren Fläschchen Zaubertrank einen Dämon.

Möglicherweise hatte der Zusammenfluss magischer Strömungen an diesem Ort ein persönliches Interesse am Guten, und deshalb lief alles so glatt.

Oder vielleicht hatten sie auch einfach mal Glück.

»Hier wollte ich gar nicht hin«, sagte Leo verwundert beim Anblick der schummrigen Schieferhöhle und der an den Wänden brennenden Fackeln. Der Reporter machte sich von Leo los und drehte sich zu ihm um. Er nahm seinen Tweedhut ab und sah Leo durchdringend mit seinen graublauen Augen an.

»Pech gehabt!«, sagte er und warf auch sein Jackett ab. Wie Leo nun auffiel, passte es ihm gar nicht richtig. Der Mann lächelte. »Machen Sie sich keine Gedanken, jeder erwischt mal eine Pechsträhne.«

Dieser Mann war jünger als der Reporter nach Phoebes Beschreibung sein sollte, und obendrein hatte er volles, strohblondes Haar. Er sah sehr fit aus; sein weißes Hemd spannte um seine muskulösen Arme und die breite Brust.

»Moment mal«, sagte Leo argwöhnisch. Ihm dämmerte, dass er den Falschen erwischt hatte. »Wer sind Sie? Ich verstehe nicht ...«

Der Mann mit den graublauen Augen lächelte. »Jeder kann in den Lauf der Dinge eingreifen, nicht nur Sie und die Zauberhaften.«

»Sie sind gar nicht George, der Reporter!« Leo trat zurück

und sah sich nach einem geeigneten Gegenstand um, den er als Waffe verwenden konnte.

»Da liegen Sie richtig«, entgegnete der Mann. »Sie können mich Sigh nennen. Mr Sigh. Wenn die Nacht vorüber ist, kann ich allerdings endlich wieder meinen richtigen Namen verwenden. Jetzt hindert mich ein Zauber daran. Meine Zunge würde sich in Säure verwandeln, wenn ich Ihnen meinen richtigen Namen nennen würde.«

Der Mann machte eine Handbewegung, und seine Garderobe veränderte sich. Plötzlich trug er eine enge schwarze Hose, Stiefel, einen schwarzen Rollkragenpullover und um den Hals eine goldene Kette mit einem glänzenden Anhänger in Form eines Pentagramms.

Er war ein Dämon.

»An der Plattform war zu viel Böses versammelt«, sagte Leo nachdenklich. »Deshalb konnte ich Sie nicht erkennen!«

»Das war der Plan, ja.«

Leo versuchte davonzuorben, aber der weiße Lichterwirbel tauchte dreimal hintereinander kurz auf, um gleich wieder zu verschwinden. Leo fand keine Erklärung dafür: Er war problemlos in diese Höhle georbt, warum kam er nun nicht mehr heraus?

Rasch sah er sich in der Felsenkammer um. Einige Tunnel führten nach draußen, aber offenbar hatte es kürzlich einen Steinschlag gegeben und sie waren alle verschüttet. Es gab keinen Ausweg.

Leo saß in der Falle.

Der Dämon umkreiste ihn und ließ dabei die Muskeln an seinen kurzen, aber kräftigen Armen spielen. »Mein Bruder und ich wussten, Sie würden dem Köder nicht widerstehen können, den wir für Sie und die reizenden Damen ausgelegt haben. Ein Unschuldiger bedarf der Hilfe, und Dämonen müssen vernichtet werden – das ist die perfekte Falle für die Zauberhaften und ihren Wächter des Lichts.«

»Warum haben Sie das getan? Was ist mit dem Reporter geschehen?«

»Ach, dem geht es gut. Auf dem Weg hierher hatte er gleich dreimal einen Platten. Großes Pech, nicht wahr?«

»Was geschieht mit Piper?«

»Sie müssen sich jetzt um Wichtigeres kümmern«, flüsterte Mr Sigh, streckte die Arme aus und lachte, als zwei silbrig glänzende Bolzen aus den Halterungen glitten, die unter den langen Ärmeln an seinen Unterarmen befestigt waren. »Diese Bolzen entstammen den Armbrüsten einiger Wächter der Finsternis, die durch eine Verkettung unglücklicher Ereignisse ein sehr unschönes Ende fanden. Was für ein Pech, könnte man wieder sagen. Für die Dämonen.«

Leo schüttelte den Kopf. Für ihn gab es nichts Wichtigeres, als seine geliebte Frau und seine anderen Schützlinge vor Schaden zu bewahren; nicht einmal der Schutz seines eigenen Lebens ging vor. Nun kam der Dämon in der beengten Felsenhöhle, aus der es kein Entrinnen gab, auf ihn zu, und die Bolzen glänzten im Schein der Fackeln.

»Piper! Paige!«, rief Leo.

Er konzentrierte sich und versuchte, eine Botschaft durch denselben Kanal zu schicken, der es ihm sonst ermöglichte, seine Schützlinge zu hören, wenn sie ihn riefen. Er hoffte, zumindest Paige würde seinen Ruf mitbekommen, weil sie zur Hälfte Wächterin des Lichts war.

»Hört ihr mich?«, fragte Leo.

Dann stürzte sich der Dämon auf ihn.

Im Schutz der Dunkelheit beobachtete Mr Tremble aus sicherer Entfernung den Kampf auf der merkwürdigen Plattform. Die Zauberhaften waren mit Feuereifer bei der Sache und testeten genüsslich die neuen Möglichkeiten ihrer erstarkten Macht aus. Sie hatten allerdings noch nicht bemerkt, dass für jeden Dämon, den sie vernichteten, umgehend ein neuer auftauchte. Das lag einerseits natürlich an den besonderen Fähigkeiten der Dämonen, andererseits aber auch an der Verstärkung der Kräfte aller Wesen an diesem Ort. Mit Hilfe der ihm innewohnenden Energie steigerten die Erlauchten der Finsternis ihre parasitischen Fähigkeiten.

Mit anderen Worten: Je mehr Kräfte die Zauberhaften freisetzten, desto mehr Energie bezogen die Dämonen von den Hexen, und mit dieser Energie stellten sie sich nach jeder Vernichtung wieder her und wurden jedes Mal stärker. Es war ganz einfach ein Kampf, den die Zauberhaften nicht gewinnen konnten. Sie verfügten allerdings über viel mehr Kräfte, als die gierigen Erlauchten der Finsternis verarbeiten konnten, und wenn es so weiterging, starben die Zauberhaften schon bald an Auszehrung und die Erlauchten an Überladung.

Mr Tremble hatte sich hauptsächlich darum Sorgen gemacht, dass der Wächter des Lichts die wahre Gefahr erkennen und die Zauberhaften rechtzeitig wegorben könnte. Daher hatte Sigh Leo aus dem Weg geräumt. Aber da war noch Paige, zur Hälfte Wächterin des Lichts, die ebenfalls orben konnte, sobald eine von den Dreien begriff, was vor sich ging.

Mr Tremble zog eine alte silberne Pistole aus dem Mantel und zielte damit auf Paige. Er sammelte sich, holte tief Luft und feuerte. Als die Kugel aus dem Lauf fegte, murmelte er etwas.

Paige stöhnte, und ihr Kopf flog nach hinten, als die Kugel sie an der Schläfe streifte. Piper und Phoebe beobachteten entsetzt, wie sie bewusstlos zu Boden sackte. Sie wären gern sofort zu ihr geeilt, aber die Dämonen, mit denen sie kämpften, ließen es nicht zu. Sie nutzten die Ablenkung, gingen mit körperlichen und magischen Angriffen auf die beiden jungen Frauen los und zwangen sie weiterzukämpfen, ohne dass diese wussten, ob ihre Halbschwester noch lebte. Piper und Phoebe setzten sich noch erbitterter und rücksichtsloser zur Wehr, und so nahm die Sache bestimmt ein schnelles Ende, hoffte Tremble. Paige würde mit fast hundertprozentiger Sicherheit gerade rechtzeitig aus der Ohnmacht erwachen, um ein letztes Mal mit den anderen beiden die Macht der Drei zu beschwören, und dann würden sie alle vernichtet werden.

Ausgezeichnet. So hatte sich Mr Tremble die Sache vorgestellt.

»Glückstreffer«, sagte eine heisere Stimme hinter ihm.

Mr Tremble wirbelte überrascht um die eigene Achse. Cole Turner, der ehemalige Dämon Balthasar, einst die Quelle des Bösen, stand im Designeranzug vor ihm.

»Du dürftest eigentlich gar nicht hier sein«, sagte der schlaksige Dämon und taxierte Cole.

»Bin ich aber«, entgegnete Cole angriffslustig.

»Die Wahrscheinlichkeit ist eine komplizierte Angelegenheit. Querschläger kann man dabei nicht gebrauchen.«

»Erst meine Ex-Frau, dann du«, knurrte Cole. »Ständig bekomme ich gesagt, ich sei unerwünscht!«

Cole materialisierte eine Feuerkugel in seiner Hand und schleuderte den brodelnden Klumpen magischer Energie auf Mr Tremble.

Wusch!

Leider rutschte Cole im letzten Augenblick aus, verriss den Wurf, und die Feuerkugel segelte an Mr Tremble vorbei. Sie erwischte einen der Dämonen, der gegen die Zauberhaften kämpfte, und vernichtete ihn auf der Stelle.

Im Gegenzug breitete sich mit ungeheurer Wucht ein magisches Feuer aus, das prasselnd in weiten Bögen um sich griff wie eine orangerot glühende Sense. Piper und Phoebe stolperten und fielen genau in dem Augenblick hin, als die Sense über ihre Köpfe hinwegpfiff und sie – zum Glück! – knapp verfehlte, bevor sie sämtliche Dämonen auf der Plattform in den Tod riss.

Mr Tremble zog sich in die Dunkelheit zurück und berechnete lächelnd Möglichkeiten und Wahrscheinlichkeiten. Letztendlich hatte er, dessen war er gewiss, trotz dieser Störung gewonnen. Seine Aufgabe war erledigt. Als er sah, wie Cole sich suchend nach ihm umdrehte, um ihn anzugreifen, entmaterialisierte er rasch und verschwand lachend.

Piper lief rasch zu Paige, die sich bereits wieder regte. »Sie ist okay«, rief sie Phoebe zu. »Das wird schon wieder. Leo? Leo!«

Einige Sekunden verstrichen und Leo tauchte nicht auf. »Das ist aber seltsam«, sagte Piper argwöhnisch.

»Ja, genau wie das da«, bemerkte Phoebe und drehte sich zu ihrem Ex-Mann um. »Was machst du denn hier?«

Cole rückte seine Krawatte zurecht und sprang auf die Plattform. »Nach was sieht es denn aus? Ich mache mich nützlich!«

»Hast du mir etwa hinterherspioniert?«

»Spielt das jetzt überhaupt eine Rolle?«

»Ja! Ich will es wissen.«

Cole verzog das Gesicht. »Also gut. Die Wahrheit ist, ich habe gespürt, dass du in Schwierigkeiten steckst. Frag mich nicht warum. Ich wusste einfach, wo ich dich finde.«

Phoebe befürchtete sofort, es habe sich eine neue übernatürliche Fähigkeit von Cole offenbart, die vielleicht sogar aus dem Zusammenschluss der zahlreichen seltsamen Fähigkeiten resultierte, die sich nie hätten vereinen dürfen und Cole zu einem Wesen machten, das mehr war als ein Dämon oder ein Mensch.

Piper dachte jedoch an etwas ganz anderes. »Leo. Leo muss das irgendwie bewirkt haben!«, sagte sie und wurde blass.

»Aber warum kommt er nicht selbst?«, fragte Phoebe.

Cole nickte Richtung Himmel. »Vielleicht hat der Hohe Rat ihn gerufen oder so.«

Paige, die auf dem Rücken lag, blickte ihren Schwestern über die Schulter und hob kraftlos den Zeigefinger. »Besuch!«, flüsterte sie.

Phoebe wirbelte herum und sah, dass die Dämonen, die sie vernichtet hatten, alle wieder lebendig wurden.

»Das ist aber gar nicht gut«, bemerkte Piper sorgenvoll. »Leo, schwing deinen Hintern hierher!«

Phoebe und Cole halfen Paige beim Aufstehen, und innerhalb von wenigen Augenblicken waren die vier von einer Horde Dämonen umzingelt.

»Paige, du musst uns rausorben ... sofort!«, zischte Piper verzweifelt.

Paige schüttelte matt den Kopf. »Kann mich nicht ... konzentrieren, geht noch nicht ...«

»Okay, dann lasst mich mal!«, rief Cole. Er hob den Arm, als wolle er eine magische Handbewegung machen, aber Phoebe hinderte ihn und hielt seinen Arm fest.

»Nein, danke!«, sagte sie energisch. »Keine Dämonenmagie.«

Cole riss frustriert die Augen auf. »Phoebe, ich habe es dir doch schon gesagt, ich bin nicht mehr böse!«

»Selbst wenn du es nicht mehr bist, deine Kräfte bleiben es«, schaltete Piper sich ein. »Phoebe hat Recht. Wir haben diese Kerle einmal niedergeschlagen, dann schaffen wir es auch ein zweites Mal.«

»Gut«, sagte Cole und formte noch eine Feuerkugel. »Wenn es das ist, was ihr wollt, dann lasst uns diese Kerle so vernichten, dass sie auch tot bleiben!«

Leo rang mit dem muskulösen Dämon um sein Leben. Bislang hatte er Glück gehabt und sich immer rechtzeitig weggeduckt, um den glänzenden silbernen Bolzen auszuweichen, die aus der Armbrust eines Wächters der Finsternis stammten, aber er hatte das Gefühl, genau das wollte der Dämon. Sein Gegner spielte mit ihm, ließ sich Zeit und genoss es offenbar, einen Abgesandten des Guten an der Angel zu haben.

»Das haben wir schon seit langer Zeit geplant, Wächter des Lichts«, sagte Mr Sigh, als einer seiner tödlichen Bolzen an Leo vorbeizischte. Er schlitzte sein Hemd auf, aber Leo blieb unverletzt. »Allein diese Dämonen, gegen die Ihre verehrten Zauberhaften kämpfen, stehen zwischen meinem Clan und der Macht, die uns rechtmäßig gebührt – anstelle von Schande und Exil, wie sie uns auferlegt wurden.«

»Schande und Exil, hm?«, sagte Leo und machte einen Satz rückwärts. Er hielt immer noch nach etwas Ausschau, das er als Waffe verwenden konnte. »Das muss ja schlimm sein. Haben diese Kerle denn auch einen Namen?«

Mr Sigh grinste von einem Ohr zum anderen. »Ihr Optimismus amüsiert mich. Sie glauben tatsächlich, Sie könnten hier lebendig rauskommen und Ihren Schützlingen helfen. Aber das wird niemals geschehen!«

»Dann können Sie mir die Namen ja auch sagen. Sie machen sowieso einen recht geschwätzigen Eindruck.«

Der Dämon rammte einen Bolzen in eine Felsnase gleich neben Leos Kopf. Der Wächter des Lichts war ihm in letzter Sekunde ausgewichen. Nun nahm er den freien Arm des Dämons, knickte ihn um, bis er ein ordentliches Knacksen hörte, und trat seinem Gegner kräftig auf den Fuß. Mr Sigh schrie auf und Leo flitzte davon, als der Dämon den Bolzen aus der Felswand riss und ausholte, um ihn Leo durchs Gesicht zu ziehen.

Aber Leo war sehr schnell und wich dem wütenden Angriff elegant aus. Der Dämon schüttelte den gebrochenen Arm, und ein klapperndes Geräusch hallte durch die Höhle. Dann hob er den Arm hoch, um zu zeigen, dass er nun nicht mehr gebrochen war.

»Netter Trick!«, sagte Leo und wich zurück. »Komm schon! Erzähl mir von diesen Kerlen, die euren Clan so rücksichtslos unterdrücken.«

»Es sind die Erlauchten der Finsternis«, erklärte Mr Sigh und kam auf seine Beute zu. »Und nur die Macht der Zauberhaften kann sie vernichten. Auf dem Schlachtfeld, das wir ausgewählt haben, ist natürlich die Freisetzung magischer Kräfte so groß, dass niemand eine Überlebenschance hat.«

»Und du hältst mich hier fest, damit ich die Drei nicht in letzter Sekunde aus der Gefahrenzone orben kann«, sagte Leo und drehte ab, um seinem Angreifer auszuweichen.

»Ganz genau. Und um Paige, die zur Hälfte Wächterin des Lichts ist, habe ich mich auch gekümmert.«

Gekümmert. Leo gefiel dieses Wort überhaupt nicht. Er musste eine Möglichkeit finden, diesen Dämon zu schlagen. In einem fairen Kampf hätte Leo den schlaksigen Kerl mit Leichtigkeit besiegt. Aber in dem Einflussbereich und mit den Waffen, die ihm zur Verfügung standen, war der Dämon im Vorteil.

Eines jedoch hatte Leo immer noch nicht durchschaut. Zuvor war er problemlos in diese Höhle hineingeorbt – warum kam er nun nicht mehr hinaus? Er war schon öfter in ähnliche Situationen geraten, aber es hatte in der Regel immer eine Erklärung dafür gegeben, warum er festsaß.

Er schnappte nach Luft, als ihm die zündende Idee kam. Plötzlich wusste er, was er tun musste, und nun war die Zeit knapp, denn er hatte nur eine einzige Chance.

»Also gut«, sagte er und hob die Hände, um sich zu ergeben. »Ich glaube, du hast mich kalt erwischt.«

»Ich weiß, du glaubst das nicht wirklich«, entgegnete der Dämon und kam auf ihn zu. »Und du hast natürlich einen Plan. Aber das spielt keine Rolle. Ich werde ...«

Leo stürzte sich auf den Dämon und packte ihn an den Handgelenken. Er riss sie auseinander und verpasste seinem Gegner einen betäubenden Kopfstoß, so dass es krachte. Dann rammte er ihm ein Knie in die Brust. Der Dämon klappte zusammen und stürzte auf ihn zu.

»Wir haben uns berührt, als wir hierher georbt sind«, sagte Leo.

Er versuchte noch einmal zu orben, und nun trug ihn der blauweiße Lichterwirbel davon, dessen Geläut für Leo klang wie ein Geschenk des Himmels ... und das war es gewissermaßen ja auch.

»Wovon ernährt ihr euch eigentlich?«, fragte Phoebe, als sie mit zusammengepressten Fingern einen harten Handkantenschlag gegen den Hals eines Dämons ausführte. Gurgelnd stolperte er rückwärts.

»Von uns, glaube ich«, sagte Cole, der die Feuerbälle inzwischen gegen Energieblitze und Ströme reiner Finsternis ausgetauscht hatte, die seinem Opfer das Leben kosteten. Die Kräfte strömten hindurch, die Dämonen fielen ... aber das war nicht genug. Sie kamen immer wieder. »Sie ernähren sich von uns!«

»Phoebe ...«, krächzte Paige, die sich – immer noch geschwächt – tapfer zur Wehr setzte, indem sie ihren Trick wiederholte: Sie orbte den Angreifern ihre Waffen aus der Hand, um sie ihnen gleich darauf durch die Brust zu jagen. »Cole soll uns hier rausholen. Er hat Recht. Ich spüre es auch – sie entziehen uns die Kraft.«

Piper schwitzte und merkte, wie ihr bereits die Knie weich wurden, während sie einen Dämon nach dem anderen in die Luft jagte, der sich aber praktisch auf der Stelle wieder neu formierte. »Ich stimme auch für Cole, aber ich kann kaum glauben, dass ich so etwas sage!«

»Wir haben es noch nicht mit einer Beschwörung versucht«, wandte Phoebe ein.

»Das ist total gefährlich«, erwiderte Cole und erledigte einen weiteren Dämon. »Dieser Ort hat etwas Unkalkulierbares. Hier ist alles möglich. Ich glaube, so etwas habe ich noch nie zuvor gespürt.«

»Erst die Macht der Drei«, sagte Phoebe. »Und wenn das nicht funktioniert, kann Cole uns mitnehmen.«

»In Ordnung«, zischte Piper.

»Bin bereit«, sagte Paige beklommen.

»Ich halte euch den Rücken frei«, versprach Cole und erschuf eine funkelnde rotgelbe Schutzbarriere um sie herum, die von den Dämonen, wie er wusste, in weniger als einer Minute wieder zerstört werden konnte. Kein Problem.

Mehr Zeit brauchten sie nicht.

Phoebe faltete einen Zettel auseinander und hielt ihn hoch. Die Drei fassten sich an den Händen.

»Dämonen, in Finsternis gehüllt, von der Macht der Drei werdet ihr gekillt!«, riefen sie, und Phoebe erschauderte angesichts ihrer dichterischen Fähigkeiten. Im Moment war ihr nichts Besseres eingefallen.

Aber die Formel schien ihren Zweck zu erfüllen. Sie sagten die Beschwörung zweimal auf, dann noch ein drittes Mal, und Cole löste die Schutzbarriere auf, als von den Hexen urplötzlich ein helles Strahlen magischer Energien ausging. Sie sahen aus, als leuchteten sie von innen heraus, und grelle Blitze zuckten in alle Richtungen.

»Das war aber nicht vorgesehen«, sagte Cole.

»Allerdings«, meldete sich eine vertraute Stimme aus der Dunkelheit hinter der Plattform. Leo war zurück! Er warf einen halb bewusstlosen Dämon ab, der dem ähnlich sah, den Cole sich ganz zu Anfang vorgeknöpft hatte. »Piper, du musst die Beschwörung stoppen!«

Zu spät! Die Augen der drei Hexen leuchteten vor magischer Energie. Sie befanden sich in Trance, und das magische Feuer, das sie entzündet hatten, breitete sich rasend schnell aus und drohte alles und jeden zu verschlingen.

»Cole, bring sie hier raus!«, rief Leo. »Ich selbst kann das nicht, ich komme nicht so nah an sie heran!«

»Wie bringe ich sie dazu aufzuhören?«

Leo schüttelte den Kopf. »Ich weiß es nicht!«, brüllte er über den heulenden Wind hinweg, der mit dem magischen Mahlstrom aufgekommen war. »Du musst versuchen, die Energie umzulenken. Tu, was immer du tun musst! Aber bring sie bloß irgendwo in Sicherheit!«

Cole nickte und begab sich in die Mitte der singenden Hexen und ignorierte die von Kapuzen verhüllten Dämonen, die ringsum explodierten, wieder aufstanden, zerbarsten, in die Luft flogen und immer wieder aufs Neue lebendig wurden.

Er blieb von dem alles vernichtenden Feuer verschont. Vielleicht, weil er tatsächlich nicht mehr böse war, vielleicht aber auch nur, weil er keine Kapuze trug.

Mit Hilfe der Kräfte, die er einem besiegten Dämon auf der anderen Seite entrissen hatte, schuf Cole einen wirbelnden

Strudel dunkler Energien, der groß genug war, um die drei Zauberhaften in sich aufnehmen zu können, ließ ihn hoch über ihre Köpfe steigen und zwang ihn mit aller Kraft dazu, die von den Hexen freigesetzten Energien aufzufangen und die Drei dann an einen sicheren Ort zu bringen.

Wie bereits zuvor in dieser Nacht spürte Cole, wie Leo in sein Bewusstsein vordrang.

»In Sicherheit, bring sie in Sicherheit!«, hörte er Leo immer wieder rufen.

Von mir aus gern!, dachte Cole, der von dem verzweifelten Wunsch angetrieben wurde, Phoebe heil und gesund aus dieser Geschichte herauszuholen. Die Rettung ihrer Schwestern war zwar das i-Tüpfelchen dieser Geschichte, aber sie kamen für ihn eindeutig erst an zweiter Stelle.

Als hätte er Coles Absicht erraten, redete Leo nun eindringlicher auf ihn ein, und einige Gedanken des Wächters des Lichts drangen in Coles Bewusstsein vor und von dort aus in den Strudel, der sich um die Zauberhaften schloss. Er beulte sich aus, weil er die Energie kaum halten konnte. Cole trat in den Strudel hinein und nahm alle ihm zur Verfügung stehenden Kräfte zusammen, um die Hexen zu retten. Er strich Phoebe über die Wange, und die von ihr ausgehende Energie war so stark, dass sie ihn sofort verbrannt hätte, wenn er ein Mensch gewesen wäre. Oder ein Dämon.

Die in ihre Umhänge gehüllten Dämonen auf der Plattform wuchsen durch die Aufnahme der Energie. Dann wurden die Erlauchten der Finsternis mit einem letzten magischen Feuersturm in die Luft gesprengt, denn sie waren nicht mehr in der Lage, die Energien der Hexen und des Ortes bei sich zu behalten.

Vom Strand aus, etwa zehn Meter von dem steinernen Bauwerk entfernt, beobachtete Leo, wie der von Cole geschaffene Strudel inmitten der Dämonenexplosion schimmerte.

Dann war die Schlacht so plötzlich, wie sie begonnen hatte, wieder vorbei. Von den Dämonen, von Cole und den Zauberhaften war nichts mehr zu sehen.

Leo drehte sich zu dem Schicksalsdämon um, der an der Planung der ganzen Sache beteiligt gewesen war, aber der war verschwunden. Der Wächter des Lichts konzentrierte sich, um zu erspüren, wohin es Piper verschlagen hatte, und bekam es mit der Angst zu tun. Sie umklammerte ihn mit eiserner Hand wie eine riesige alte Gottheit. Er konnte Piper nicht orten. Sie war nirgendwo auf der Erde und auch nicht in den Welten darüber oder darunter, auf die er Zugriff hatte.

»Piper!«, schrie er, und eine Flut beängstigender Bilder von einem Leben ohne seine geliebte Frau tobte ihm durch den Kopf. »Piper!«

Es half alles nichts.

Piper, Phoebe und Paige waren verschollen.

4

SCHÜSSE ERTÖNTEN RINGS UM die drei Hexen und ihren Begleiter, als sie aus dem sich auflösenden Strudel auf einen sandigen Küstenstreifen stolperten. Es war ein windiger, bewölkter Tag. Riesige Dünen erhoben sich zu allen Seiten, und nicht weit entfernt schlugen donnernd die Wellen an den Strand. Keuchende Atemzüge von entschlossen näherrückenden Männern waren zu hören, dazu das Schlurfen schwerer Stiefel im Sand.

Soldaten, die irritiert, aber sehr gefährlich wirkten, tauchten auf und machten links und rechts neben ihnen Halt.

Auf der einen Seite stand ein ganzer Trupp von Kerlen in James-Ryan-Montur: dunkelgrüner Helm, braungrüne Uniform und schwere schwarze Stiefel. In den Händen hielten sie M1-Karabiner und M1903-Gewehre. Amerikaner. Der andere, feindliche Soldatentrupp trug Grau und Schwarz und war ebenfalls mit Gewehren bewaffnet.

Nazis.

»Leo!«, rief Piper. »Leo, hol uns hier raus! Sofort!«

»Wo kommen die Damen her?«, fragte einer der Nazis. Sein Akzent klang verdächtig nach Brooklyn.

Einer der Alliierten legte das Gewehr an und rief: »Was machen wir jetzt?«

»Moooment, Moment, Moment!«, stammelte Piper. »Sie tun gar nichts! Nicht schießen!«

Sie wollte die ganze Truppe gerade erstarren lassen, da rief jemand: »Schnitt!«

Die Soldaten zu beiden Seiten wichen auseinander, und hinter den Dünen wurde es laut. Ein Mann mit einem Megafon in der Hand und einer gewaltigen schwarzen Brille auf der Nase tauchte auf. Er trug ein weißes Hemd mit hochgekrempelten Ärmeln, einen flatternden Schlips und breite Hosenträger, die seine braune Reithose festhielten, dazu schwarze Reitstiefel.

»Wer sind Sie und warum ruinieren Sie mir meinen Film?«, brüllte der Mann in sein Megafon.

Phoebe wäre vor Erleichterung fast hingefallen, wenn Cole sie nicht aufgefangen hätte. Piper merkte, dass Paige auch ein wenig wacklig auf den Beinen war, vermutlich noch von dem Schuss, der sie an der Schläfe gestreift hatte. Rasch fasste sie ihre Halbschwester am Arm.

»Nur ein Film, Gott sei Dank!«, sagte Phoebe. »Ich hatte schon befürchtet, wir wären im Zweiten Weltkrieg oder so.«

»Sie sind harmlos!«, rief ein anderer Typ, der hinter den Schauspielern auftauchte, die die Alliierten spielten. Er trug eine große Kamera, und als er sie absetzen wollte, eilten ihm zwei andere Männer zur Hilfe. Alle drei waren jung, gebräunt und merkwürdig gekleidet, genau wie der Typ mit dem Megafon. Weiße Hemden, karierte oder gestreifte Westen, kleine weiße Hüte, die nach Golfplatz aussahen ... seltsam.

»Ich frage mich, ob die Kameraleute gleichzeitig auch als Statisten arbeiten«, murmelte Phoebe.

Piper zuckte mit den Schultern. »Ziemlich low-budget-mäßig, die ganze Sache.«

Weiter hinten warf der bebrillte Typ sein Megafon in den Sand und marschierte wütend davon. »Na prima! Haben wir bei diesem Dreh keine Wachleute, oder was?«

Einer der alliierten Soldaten legte seine Waffe ab. »Guckt euch mal an, wie die da ausgestattet ist!«

Phoebe stellte sich vor Piper und stemmte die Hände in die Hüften. »Hey! Das ist meine Schwester, von der ihr da redet!«

»Er hat *dich* gemeint«, bemerkte Piper und drehte dem Wind und den piekenden Sandkörnern den Rücken zu. »Und es war von deinen Beinen die Rede, nicht von ... du weißt schon ...«

»Oh.« Phoebe schenkte der Welt ein strahlendes Lächeln. »Dann ist ja gut.« Sie winkte den Männern zu. »Danke!«

Ein paar Nazisoldaten stapften vorbei. »Ich kann dir sagen, ich hasse diese Klamotten!«

»Ja, Mann, das Budget bei diesem Streifen ist wirklich winzig! Später bei dem Dreh der Szenen von hinten tragen wir dann auch noch US-Uniformen, damit es so aussieht, als gäbe es mehr von den Jungs.«

Einer der Schauspieler sah die Neuankömmlinge an und zeigte in Richtung der Dünen. »Die Promenade ist da hinten. Ich an Ihrer Stelle würde verschwinden, bevor unser kleiner Diktator rüberkommt.«

Die Zauberhaften und Cole befolgten seinen Rat und überquerten den Strand, um zur Promenade zu gelangen. Als sie sich umdrehten, sahen sie die ganze Filmcrew herumstehen, während der kleine Mann, der offenbar der Regisseur war, ein paar stämmige Typen in altmodischen Polizeiuniformen zur Schnecke machte.

Auf der Promenade ging es viel ruhiger zu als erwartet. Es gab keine Videospielhallen und keine Leute mit Handys. Auf der Rollschuhbahn liefen überwiegend Frauen und Kinder. Phoebe bemerkte überrascht, dass keine einzige Frau am Strand lange Hosen oder Shorts trug. Sie waren überhaupt alle sehr merkwürdig gekleidet.

Viele Frauen trugen Gymnastikschlappen, keine normalen Schuhe, und überwiegend sehr altmodische, reichlich konturlose Wickelkleider. Alle hatten sonderbarerweise Hauben oder Tücher auf dem Kopf. Als ein Luftballonverkäufer mit weißem Leinenanzug und Strohhut vorbeikam, fragte Phoebe sich, wie man um alles in der Welt auf die Idee kommen konnte, am Strand einen Anzug zu tragen.

Drei Muskelmänner stemmten auf einer kleinen Bühne Hanteln, und die Männer, die vorbeispazierten, hatten Schlägermützen auf den Köpfen. Einer von ihnen trug weiße Shorts mit grünen und blauen Punkten und lange weiße Strümpfe. Er sah aus wie eine farbenblinde Giraffe! Auch Panamahüte und Safarihemden waren anscheinend sehr beliebt.

Obwohl eigentlich all die anderen so merkwürdig gekleidet waren, zogen die Zauberhaften selbst die Blicke der Leute auf sich. Man tuschelte, kicherte verstohlen und lachte sogar, wahrscheinlich wegen der Art, wie sie angezogen waren. Seltsam!, dachte Phoebe.

Die Zauberhaften gingen mit Cole zu einer kleinen Bude an der Rollschuhbahn, wo eine Frau in Schiedsrichter-Outfit und ein Typ, der vielleicht ihr Mann war, an einem riesengroßen altertümlichen Radio lehnten. Phoebe hatte so etwas schon einmal in einem Antiquitätengeschäft gesehen. Was hatte der alte Kasten hier verloren?

Das Radio knackte und knisterte. »Und jetzt haben wir hier live in unserem Studio den großartigen James Cagney, der von dem Musical *Yankee Doodle Dandy* berichten will, in dem er die Hauptrolle spielt!«

Donnernder Applaus ertönte aus dem Radio.

»Ich freue mich, hier zu sein«, sagte eine dünne Stimme, die den dreien bekannt vorkam. »Hören Sie, viele Leute halten mich für einen harten Burschen. Und im Augenblick geht es auf der Welt ziemlich hart zu. Aber wir haben die Möglichkeit, die Zustände ein wenig zu verbessern, besonders für unsere Jungs an der Front. Wir alle können unseren Teil dazu beitragen, auch ganz normale Menschen können Helden sein, besonders, wenn sie Kriegsanleihen kaufen!«

»Bitte, Jimmy ... ähm, ich darf Sie doch Jimmy nennen? Ich wollte Sie nicht in Rage bringen.«

Gelächter ertönte aus dem Radio.

»Das Einzige, was mich in Rage bringt, sind Leute, die nicht das Richtige tun. Also kaufen Sie noch heute Kriegsanleihen!«

»Gesprochen wie ein waschechter *Yankee Doodle Dandy*! Als Nächstes erwarten wir eine Ansprache von Präsident Roosevelt zu den neusten Entwicklungen nach dem Bombenangriff auf Pearl Harbor.«

Cole sah die drei Hexen an. »Ich würde sagen, wir haben eine weite Reise gemacht!«

Eine Frau kam vorbei und verteilte Handzettel, die für eine Veranstaltung warben, bei der Kriegsanleihen verkauft wurden. Sie nahmen jeder einen und blickten erst verblüfft und dann besorgt auf das Jahr, das auf dem Zettel abgedruckt war.

»Eine Zeitreise«, sagte Paige benommen. »Schon wieder!«

»Diesmal war es aber ein ziemlich großer Sprung«, bemerkte Cole.

Phoebe hielt ihrem Ex-Mann den Handzettel unter die Nase. »Aber warum sind wir hier? Im Jahre 1942? Was hast du angestellt?«

»Ich?« Cole schüttelte den Kopf. »Das war Leo, würde ich sagen. Er hat immer wieder gerufen, ich soll euch drei in Sicherheit bringen. Vielleicht ist dies der letzte Ort, an dem er selbst sich wirklich sicher fühlte, bevor er ... vor dem, was ihm in der Schlacht zugestoßen ist.«

»Gut«, sagte Piper und zeigte auf Cole. »Okay, Mr Allmächtig, bring uns wieder nach Hause!«

Cole zitterte einen Augenblick lang am ganzen Körper. »Das war's!«, sagte er frustriert. »Ich habe versucht, das Portal wieder zu öffnen, durch das wir hergekommen sind. Aber es geht nicht.«

Phoebe runzelte die Stirn. »Dann probier etwas anderes aus! Vielleicht musst du dich ein bisschen mehr anstrengen.«

»Ich bin etwas erschöpft.«

Cole vergewisserte sich, dass niemand zusah, dann zeigte er auf ein paar Sodaflaschen, die am Rand des Holzsteges zum Strand standen. Er wartete, und es geschah gar nichts. Er machte ein paar geheimnisvolle Gesten, aber auch die blieben ohne Wirkung.

»Was machst du da eigentlich?«, fragte Piper.

Cole schüttelte den Kopf. »Ich habe versucht, eine von den Flaschen zum Platzen zu bringen. Das hat nicht geklappt. Dann habe ich einfach versucht, sie zu bewegen oder umzustoßen, aber auch das ging nicht. Ich kann das nicht verstehen!«

»Flasche«, sagte Paige matt und streckte die Hand aus. Die Flasche, die ganz vorn stand, wurde von einem blauweißen Lichterwirbel eingehüllt, verschwand und tauchte in Paiges

Hand wieder auf. Sie reichte Cole die Flasche. »Da hast du sie!«

»Also sind zumindest wir nicht machtlos«, sagte Phoebe. »Gut zu wissen!«

»Hey!«, knurrte Cole verteidigend. »Niemand hat gesagt, dass ich machtlos bin.«

»Das war auch nicht nötig«, bemerkte Piper.

Cole hatte es offenbar eilig, das Thema zu wechseln. Er wies mit dem Kopf in Richtung einiger junger Frauen, die in der neusten Bademode über den Holzsteg kamen. Ihre Badeanzüge waren am Hals hochgeschlossen und reichten bis zur Mitte der Oberschenkel. »Ha! Guckt euch mal die Badeanzüge an! Das fanden die damals gewagt. Im Vergleich zu den Klamotten, die ihr Mädels tragt ...«

Plötzlich näherte sich mit irrsinniger Geschwindigkeit ein kleiner Junge auf einem Fahrrad und raste ganz dicht an dem einstmaligen Anwalt und Dämon vorbei. Überrascht wirbelte Cole herum und rutschte mit seinen fast neuen Schuhen auf dem sandbedeckten Holzsteg aus. Er schlug wild mit den Armen um sich, stürzte und fiel der Länge nach auf die heißen, splitterigen Holzplanken. Er ächzte, als ihm ein hervorstehender Nagel über die Wange schrammte.

Rasch setzte er sich auf und fasste sich ins Gesicht. »Das ist aber peinlich!« Dann blickte er schockiert auf seine rot verschmierte Handfläche. »Ich ... ich blute ja!«

Phoebe sah ihn erstaunt an. Nach seiner Rückkehr aus der Unterwelt war Cole über alles erhaben und unverletzbar gewesen. Nun saß er in einem zerknitterten, staubigen Anzug in ziemlich uneleganter Pose auf dem Hintern, und in seinem Gesicht zeichnete sich ungläubiges Staunen ab. Er erinnerte sie an einen kleinen Jungen, der zum ersten Mal in seinem Leben einen Kratzer abbekommen hatte und nicht verstehen konnte, wie das passiert war.

Sie war fast bereit, ihre Zurückhaltung aufzugeben und Mitgefühl zu zeigen ...

Fast.

»Phoebe, ich bin wieder ein Mensch!«, sagte Cole und brach nach dem anfänglichen Schock in lautes Lachen aus. »Sicher, warum auch nicht! Ich bin im Moment allein hier. Andererseits bin ich, wo auch immer, Balthasar – mein zweites Ich, mein früheres Ich. Und wie sollten wir wohl beide gleichzeitig magische Kräfte haben?« Er lachte wieder. »Ein Mensch!«

»Okay, das ist alles wirklich seltsam«, sagte Phoebe. »Mal sehen, ob ich das richtig verstanden habe. Cole, in unserer Zeit bist du doch einhundertfünfzehn Jahre alt, nicht wahr? Du warst lange mit Balthasar vereint. Du warst halb Mensch, halb Dämon.«

Cole nickte. »Ja, das stimmt.«

»Und hier, im Jahre 1942, läuft natürlich auch noch eine alte Version von dir herum. Dein früheres Ich. Und die Zeit löst das Problem, dich in zweifacher Ausgabe in derselben Epoche unterbringen zu sollen, anscheinend so, dass die ältere Version von dir rein dämonisch und voll gepumpt mit Macht ist, während du als Gestalt aus unserer Zeit ganz menschlich und ohne jede Macht bist.«

»Richtig«, entgegnete Cole und kniff die Augen zusammen, als er sich erinnerte. »Ich war während des Krieges zeitweise in New York, und ich war immer als Dämon unterwegs. Ich weiß nicht mehr warum. Vermutlich, weil ich keinen Grund sah, menschliche Gestalt anzunehmen. Und ich habe tatsächlich eine Zeit lang größere Macht erlangt, habe aber nie herausgefunden warum und wie lange. Wenn ich das wüsste, hätte ich vielleicht eine Vorstellung davon, wie lange wir hier festsitzen ... ähm, vorausgesetzt, es läuft alles so, wie es sollte, und dafür gibt es nun mal keine Garantie. Ich weiß, ich müsste mich eigentlich viel genauer an all das erinnern, aber ich tue es nun mal nicht. Vielleicht ist für mich alles so undurchsichtig, weil die Zeit, wie du sagtest, die Probleme auf ihre Weise löst.«

Phoebe schien zufrieden mit dieser Erklärung und wandte sich an ihre Halbschwester. »Paige, kannst du uns zurückbringen?«

»Ich bezweifle, dass ich uns auch nur bis zu der Bushaltestelle einen Block weiter orben könnte«, jammerte Paige. »Ich bin ziemlich ausgepowert.«

Cole baute sich vor Phoebe auf. »Hey, völlig nutzlos bin ich aber nicht! Ich habe in dieser Zeit gelebt, ich kenne mich aus. Und wir hängen alle zusammen in dieser Sache drin, nicht wahr? Ich meine, ob es uns nun gefällt oder nicht, so ist es nun mal. Wir alle möchten nach Hause!«

»Du willst also einen Waffenstillstand?«, fragte Piper unvermittelt. »Nicht, dass wir offiziell das Kriegsbeil ausgegraben hätten oder so, auch wenn du unzählige Male versucht hast, uns alle zu töten ...«

»Da war ich noch böse«, erklärte Cole rasch. Er kratzte sich am Hinterkopf. »Und danach war ich gut und danach wieder böse, dann gut und ... nun, jetzt bin ich gut, und darauf kommt es an!«

»Also ... einen Waffenstillstand?«, wiederholte Piper. »Ist es das, was du vorschlägst?«

»Ja, schon«, sagte Cole leise. »Ich denke, das wäre in unser aller Interesse.«

Phoebe zuckte mit den Schultern und wandte sich von ihrem Ex-Mann ab. »Schön, ein Waffenstillstand«, flüsterte sie. »Aber es war trotzdem witzig, wie du auf den Hintern gefallen bist!«

Sie gingen zu der Bushaltestelle. Dort wartete bereits ein altmodischer Greyhound-Bus mit weit geöffneten Türen. Der Fahrer kurbelte die drehbare Anzeige oben an der Windschutzscheibe gerade von HERMOSA BEACH auf LOS ANGELES.

»Wenigstens sind wir nicht allzu weit weg von zu Hause«, bemerkte Piper, die sich bemühte, den Sand aus ihren Kleidern zu klopfen.

Phoebe holte ein paar Ein-Dollar-Scheine aus der Tasche, stieg vorn beim Fahrer ein und reichte ihm das Geld.

Er betrachtete die Scheine, dann drückte er sie Phoebe wieder in die Hand. »Was ist los, meine Damen? Glauben

Sie, ich bin von gestern? Das ist doch nicht echt, das ist Spielgeld!«

»Aber ...«

»Raus aus dem Bus! Sofort!«

Phoebe sprang hastig auf die Straße. Der Fahrer wollte ihnen gerade die Türen vor der Nase zumachen, da stürzte Cole vor, griff in seine Jackentasche und holte eine Münze heraus, die er dem Fahrer gab. »Nehmen Sie das hier?«

Der Fahrer untersuchte die Münze und nickte. »Jawoll, das reicht für alle vier, und hier ist Ihr Wechselgeld, ein schöner, glänzender Vierteldollar.«

»Ich weiß, nicht alles auf einmal ausgeben!«, entgegnete Cole spöttisch und nahm die Münze.

Der Busfahrer runzelte verwirrt die Stirn. »Nun, mein Freund, das liegt ganz bei Ihnen, nicht wahr?«

Sie stiegen ein und setzten sich ziemlich weit hinten in eine Reihe, und schon bald fuhr der Bus ab.

»Was hatte das zu bedeuten?«, fragte Phoebe.

»Das mit dem Vierteldollar?« Cole zuckte mit den Schultern. »Ich hatte ganz vergessen, was die Sachen heutzutage kosten, das ist alles. Pepsi fünf Cent die Flasche, ein Viertelliter Motoröl zwölf Cent, sieben Cent der Nagellackentferner ...«

Sogar Paige richtete sich auf, um Cole mit einem fragenden Seitenblick zu bedenken.

»In meinem Leben damals hatte ich auch weibliche Freunde«, erklärte Cole. »Wollt ihr mich dafür erschießen?«

»Ein verlockender Vorschlag«, raunte Phoebe.

»Phoebe, vergiss es!«, meinte Piper. »Cole ist ein Mensch und schutzlos. Ich sage es nur äußerst ungern, aber so wie die Dinge jetzt liegen, könnte er ein Unschuldiger sein, den wir beschützen müssen.«

»Cole? Unschuldig?« Phoebe grinste. »Das wüsste ich aber!«

»Da hat sie Recht«, pflichtete Cole ihr bei. »Aber ihr müsst zugeben, die Sache mit dem Waffenstillstand funktioniert. Ich habe euch doch gesagt, ich bin nützlich!«

Piper versuchte, sich ihm zuzuwenden, was aber schwierig war, weil Paiges Kopf an ihrer Schulter ruhte. »Ich habe eine Frage an dich, Cole Turner. Wie kommt es, dass du Kleingeld dabei hast, das diese Leute hier annehmen?«

»Das war einfach Glück«, sagte Cole. »Wirklich. Ich habe diesen halben Dollar seit 1925 mit mir rumgetragen. Dorothy Parker hat ihn mir geschenkt und gesagt, er würde mir eines Tages Glück bringen. Tja, die war einsame Spitze! Eine Frau, der man nicht widersprach.«

»Schon wieder eine Frau«, sagte Phoebe und rückte dichter ans Fenster. Sie wünschte, sie könnte sich noch weiter von Cole entfernen. »War ja klar.«

»Heute bist du die einzige Frau für mich, Phoebe. Ich wünschte, ich könnte – aua!«

Phoebe war ihm fest auf die Zehen getreten.

»Wofür war das denn?«, fragte Cole. Er war verblüfft darüber, wie weh ihm der Fuß tat.

»Ich wollte nur prüfen, ob du immer noch ein Sterblicher bist«, sagte Phoebe. »Diese Theorie über deine Kräfte ist ziemlich schlüssig, aber mit diesen Dingen kann man gar nicht vorsichtig genug sein. Deine Kräfte könnten jederzeit zurückkehren.«

»Stimmt«, sagte Cole, verschränkte die Arme vor der Brust und sah gekränkt fort. Er hatte das Gefühl, es ging gar nicht darum, ob seine magischen Fähigkeiten zurückkehrten oder nicht – Phoebe genoss es einfach, Macht über ihn zu haben. Und irgendwie konnte er ihr das nach all dem, was sie zusammen durchgemacht hatten, auch nicht verdenken. »Ganz wie du meinst, Phoebe.«

Als sie nach Los Angeles kamen, staunten sie darüber, wie klar in den Vierzigerjahren der Himmel über der Stadt noch gewesen war. Es gab weniger Autos auf den Straßen als die Hexen erwartet hatten, und die Fahrzeuge, die an ihnen vorbeirollten, sahen zumindest für ihren Geschmack ziemlich seltsam aus: Die abgerundeten Dächer verliefen in einem durchgehenden Bogen bis zur rückwärtigen Stoßstange; die Kühlergrills sahen zusammen mit den grellen Scheinwerfern aus wie breite, wütende Fischgesichter und die riesige abgeschrägte Front der Autos mit der v-förmigen Kühlerhaube und den Zierleisten aus Metall betonten das dynamisch wirkende Düsenjet-Design.

Auf den Werbeplakaten im Bus wurden brandneue Studebakers, Packard Clippers, DeSotos und bekanntere Marken wie Mercury und Lincoln angepriesen.

Der Bus rollte gemächlich den Sunset Boulevard hinunter.

»Hey, seht mal, *Villa Nova!*«, sagte Cole ein Weilchen später und richtete sich interessiert auf. »Da habe ich immer gegessen. Und da, auf der anderen Straßenseite, *Garden of Allah*. Das ist sozusagen der *Viper Room* der Vierziger.«

Schon bald fuhren sie an großen Hotels wie dem Château Marmont und dem *Sunset Towers* vorbei, einem dreizehnstöckigen Art-déco-Turm, der mit mythologischen Figuren, Zeppelinen, Flugzeugen und Adam und Eva verziert war.

Cole kicherte und zeigte auf das Hotel. »Die haben Bugsy Siegel mal rausgeworfen, weil er in seinem Hotelzimmer praktisch ein illegales Wettbüro unterhielt. Einer der größten Ganoven der Welt!«

»Vielen Dank für die Infos!«, bemerkte Phoebe mit vor Sarkasmus triefender Stimme.

»Ach, da!« Cole beugte sich vor und zog an der Klingelschnur, um dem Fahrer zu signalisieren, dass sie aussteigen wollten. »Da müssen wir raus!«

Die Zauberhaften stiegen nach Cole aus. Als der Bus wegfuhr, zeigte Cole auf ein Leihhaus auf der anderen Straßenseite.

»Oh-oh?«, machte Phoebe fragend.

Cole breitete die Hände aus. »Hört mal, ich weiß nicht, warum wir hier sind und wie lange es dauern wird, bis wir den Weg zurück finden. Aber ich weiß, dass wir in der Zwischenzeit Geld brauchen werden. Ihr tragt doch immerhin ein bisschen Schmuck, der wird wohl irgendetwas wert sein.«

Piper ließ die Schultern hängen. »Er hat Recht.«

»Du wartest hier!«, befahl Phoebe.

Cole salutierte. »Darauf kannst du wetten.«

Er lehnte sich an einen Telefonmasten, als die Drei loszogen. Sie betraten das Leihhaus und waren verblüfft über die seltsamen Dinge in der Auslage. Phoebe fiel ein Toaster in der Größe eines Mikrowellengeräts auf, ein RCA-Victor-Radio, dem nur der süße kleine Hund mit schräg gelegtem Kopf fehlte, und merkwürdige kleine Armbanduhren mit khakifarbenem Band. Auf dem Schild darüber stand »Mido Multifort Superautomatik-Armbanduhren mit einem Gehäuse aus rostfreiem Edelstahl, Radiumleuchtziffern, gebläuten Stahlzeigern mit Leuchtstreifen und silbernem Zifferblatt. Dank der besonderen Automatik muss die Uhr nicht manuell aufgezogen werden – die Bewegung des Handgelenks genügt«.

Piper betrachtete die Uhren und fragte sich, ob Leo im Krieg vielleicht eine solche Uhr getragen hatte.

Ein beleibter alter Mann in einem engen Anzug kam aus dem Hinterzimmer und blieb wie angewurzelt hinter der Theke stehen, als er die drei jungen Frauen in so offenherziger Aufmachung erblickte.

»Du lieber Gott!«, schrie er. »Sind Sie gerade vom Strand gekommen und haben vergessen, sich anzuziehen, oder so?«

»Wir, ähm, also ... unsere Kleider sind gestohlen worden«, stammelte Piper.

»Aha.« Der Leihhausbesitzer lächelte.

»Und alles andere auch«, fügte Phoebe hinzu. »Unsere Handtaschen, das Geld ...«

Nun schien der alte Mann besorgt. »Waren Sie schon bei der Polizei?«

Paige holte tief Luft. »Da konnte man uns nicht helfen«, brachte sie mühsam hervor.

Phoebe nickte eifrig. »Ja, die haben gesagt, so etwas passiert am laufenden Band.«

»Es ist eine Schande!« Der stämmige Mann runzelte die Stirn. »Aber ein bisschen Schmuck haben Sie noch.«

»Stimmt! Den legen wir nie ab.«

»Die Mode werde ich wohl nie verstehen. Aber in diesem Fall ist sie Ihre Rettung. Was haben Sie denn Schönes?«

Piper hatte ein italienisches Goldarmband, Paige ein paar Ohrringe aus achtzehnkarätigem Gold. Phoebe trennte sich widerstrebend von ihrer silbernen Kette mit einem kleinen Diamantanhänger.

Ein paar Minuten später waren sie wieder auf der anderen Straßenseite, und Piper zählte noch einmal das Geld. Phoebe nahm Cole ins Visier. »Du hast vorhin von den Hotels gesprochen. Welches ist das beste?«

Sie machten sich über den Sunset Boulevard auf den Weg zurück zu den Hotels, die nur ein paar Blocks entfernt waren. »Das *Towers* ist glamouröser, aber das *Marmont* ist besser in Sachen Privatsphäre und Diskretion. Warum?«

»Ich würde sagen, wir nehmen den Glamour«, erklärte Paige müde und fasste sich an den Kopf, der mittlerweile heftig dröhnte.

Sie gingen noch anderthalb Blocks und erreichten bald das »glamouröse« Hotel, von dem Cole gesprochen hatte. Vor dem Eingang blieben sie stehen.

»Ich glaube, das ist keine gute Idee«, sagte Cole und betrachtete den teuren Laden.

Piper wandte sich von ihm ab. »Dich hat niemand um deine Meinung gebeten.«

»Schon gut!«

Sie betraten die geräumige, nobel ausgestattete Empfangshalle und machten sich auf verwunderte Blicke und Getuschel gefasst.

Niemand drehte sich jedoch nach ihnen um.

»Das ist ein Ort für Halbreiche und Halbberühmte«, erklärte Cole. »Man ist Exzentriker gewöhnt.«

Phoebe und Cole führten Paige zu einer Couch in der Sitzecke, die einige Meter von der Rezeption entfernt war. Piper zog los, um die Zimmer klarzumachen.

Ein Weilchen später kehrte sie schockiert und aufgeregt zurück und überbrachte ihren Schwestern die schlechte Nachricht.

»*Wie viel* wollen die für ein Zimmer?«, fragte Phoebe.

»Mehr als wir haben«, entgegnete Piper betrübt. »Ich habe das Gefühl, wir können uns höchstens irgendeine billige Absteige leisten.«

Cole sah seine Chance und nutzte sie. »So weit muss es nicht kommen.«

»Wie meinst du das?«, fragte Piper argwöhnisch.

»Es gibt unzählige andere Möglichkeiten, an Geld zu kommen.« Auf Coles Gesicht breitete sich ein extrem teuflisches Grinsen aus.

Phoebe wich vor ihm zurück. »Wovon redest du?«

»Nichts Böses oder Illegales, um Himmels willen!« Er zögerte und schrumpfte regelrecht unter Phoebes durchdringendem Blick. »Okay, ein bisschen böse und illegal ist es schon, aber es werden keine Unschuldigen mit hineingezogen, glaubt mir!«

»Das kommt überhaupt ...«, setzte Phoebe an.

Piper schnitt ihr das Wort ab. »Wir hören.«

Der Ex-Dämon lächelte. »Vielen Dank! Okay, die Sache ist einfach. Von uns vieren bin ich derjenige, der am meisten über diese Zeit weiß. Ich habe sogar sehr viele höchst genaue Informationen über alle möglichen Kriminellen und Dämonen aus exakt dieser Zeit und von diesem Ort. Ich war früher hier unterwegs, als Balthasar, und ich habe mich damals so schlau wie möglich gemacht.«

»Kann ich nicht bestätigen«, murmelte Phoebe.

»Das reicht!«, wies Piper sie zurecht. »Cole, was schlägst du vor?«

»Schlau machen«, entgegnete Cole matt, »war auf nützliche Informationen, Fakten, Leute und Ereignisse bezogen.

Ich verfüge immer noch über Balthasars gesamte Erinnerungen. Ich kann eigentlich nichts vergessen, selbst wenn ich wollte. Es gehört einfach zu mir.« Er wandte den Blick ab, und seine Schultern wirkten verkrampft, sein muskulöser Körper angespannt, als leide er unter der erdrückenden Last seines Gewissens. »Ich könnte einige dieser Informationen verwenden, um uns mit Geld zu versorgen. Auf der West Side gibt es einen Verbrecherboss, der würde ordentlich was auf den Tisch legen, um zu erfahren, welcher von seinen Männern lange Finger hat und sich mit seinem Geld die eigenen kleinen kriminellen Aktivitäten finanziert. Und es gibt noch einen auf der East Side, den es ziemlich interessieren könnte, mit welchem Kerl seine Gangsterbraut ein heimliches Verhältnis hat.«

»Okay«, sagte Piper und überlegte. »Aber sollten sie diese Dinge wirklich erfahren? Ich meine, jetzt und überhaupt?«

»Ich würde nichts tun, das den natürlichen Lauf der Dinge stört«, versicherte ihr Cole. »Die Geschichten, die ich gerade erzählt habe, werden sich wie einige andere, von denen ich weiß, sowieso um die Vierziger herum aufklären. Vielleicht habe ich damals schon für die richtige Summe das richtige Wort in das richtige Ohr geflüstert, und wenn ich jetzt nicht hingehe und etwas Geld als Informant verdiene, nehmen die Ereignisse trotzdem ihren Lauf.«

»Ich vertraue ihm nicht«, sagte Phoebe leise.

Piper runzelte die Stirn. »Das glaube ich gern. Nur weil wir einen Waffenstillstand vereinbart haben, sollte keine von uns ihn auch nur eine Sekunde lang aus den Augen lassen, wenn es nicht unbedingt sein muss. Allerdings sollten wir uns auch nicht von unseren Gefühlen irritieren lassen. Es ist nicht sonderlich vernünftig, sich feindselig gegenüber jemandem zu verhalten, den man braucht. Wir sollten einfach vorsichtig sein, okay?«

Phoebe kochte innerlich, aber sie nickte. »In Ordnung.«

Piper fuhr fort: »Das klingt nach der besten Möglichkeit, wie wir schnell zu etwas Geld kommen können, und vielleicht hat Cole Recht – es könnte sein, dass das sowieso der Lauf der Dinge ist.«

»Lassen wir es ihn doch ruhig versuchen«, meinte Paige und hob schlapp die Hand. »Auch wenn du Recht hast, Phoebe, ist er ja nicht durch und durch schlecht, nur weil er böse ist.« Sie blickte verwirrt drein. »Hört nicht auf mich – ich weiß nicht, was ich sage. Mein Kopf ist immer noch ganz schwammig.«

»Also gut«, sagte Phoebe. Sie sah ihren Ex misstrauisch, aber entschlossen an. »Ich will, dass sie sicher aufgehoben ist und dass wir Geld für einen Arzt haben, falls wir einen brauchen. Also Hals und Beinbruch!«

Cole schüttelte den Kopf und schenkte Phoebe dieses nervige geduldige Lächeln, das sie so hasste. »Phoebs, ich weiß, wir sind nicht weit weg von Hollywood und so weiter, aber das sagt man nur zu Schauspielern, bevor sie auf die Bühne gehen.«

»Nicht, wenn man es wirklich so meint«, entgegnete Phoebe. »Wörtlich.«

Seufzend ließ Cole die drei Hexen in der Empfangshalle zurück. Einer der Pagen sprach sie mehrmals an, und einer der stellvertretenden Direktoren redete recht freundlich mit ihnen. Das Hotelpersonal wollte ganz offensichtlich herausfinden, was die drei merkwürdig bekleideten jungen Frauen im Schilde führten.

»Unser Bentley ist am Strand liegen geblieben«, erklärte Phoebe hochnäsig mit verstellter Stimme. Sie versuchte, den Ton reicher Damen auf Benefizveranstaltungen zu treffen. »Wir mussten mit einem einfachen Taxi hierher kommen. Und obendrein ist dieser Schurke von einem Taxifahrer mit all unseren Sachen abgehauen!«

»Polizei!«, rief der birnenförmige stellvertretende Hoteldirektor besorgt. Er sah aus wie ein Walross. »Wir müssen die Polizei rufen!«

»Nein, nein«, sagte Phoebe und winkte ab. »Keine Polizei. Unser Cousin Miguel, der dunkle Kerl, der eben noch bei uns war, regelt das Problem ganz diskret und leise, wie es einer solchen Angelegenheit angemessen ist. Er wird in Kürze zurück sein, und dann melden wir uns an.«

Der stellvertretende Direktor lächelte und sagte: »Wie Sie wünschen.«

Phoebe sah auf die Uhr und fragte sich, wie lange Cole wohl brauchen würde ... und ob er überhaupt zurückkam. Wenn er von viel Bösem umgeben war, neigte er dazu, sich in alle möglichen üblen Geschäfte hineinziehen zu lassen.

Sie wollte gar nicht Recht behalten mit ihren Zweifeln an Cole. Es war nur nach allem, was sie mit ihm erlebt hatte, sehr schwer für sie, ihm zu vertrauen, selbst bei einer solchen Sache.

Sie beobachtete weiter die Uhr – und hoffte, dass Cole schnell zurückkehrte.

Zwei Stunden später betrat Cole tatsächlich wieder die Empfangshalle.

»Wir sind reich, meine Damen!«, verkündete er. Sein Plan war zu hundert Prozent aufgegangen. Er zeigte ihnen das Geld – über zweihundert Dollar! –, das er beschafft hatte.

»Wunderbar! Ein Problem gelöst, dann stehen ja nur noch zwei- bis dreihundert an!«, rief Phoebe, half Paige beim Aufstehen von der Couch und führte sie zur Rezeption. Piper und Cole gingen vor.

»Hey, sieh es doch mal positiv«, sagte Cole und sah sie über seine beeindruckende Schulter hinweg an. »Zumindest sind wir zusammen!«

Das war Phoebe allerdings nicht entgangen. Offenbar gehörte Cole Turner, was sie auch tat und wohin sie auch ging, für immer und ewig zu ihrem Leben.

Leider ... oder zum Glück.

5

SPÄTER AN DIESEM NACHMITTAG, nachdem sie ihre Zimmer bezogen, rasch einen Happen im Restaurant des Hotels gegessen und sich in einem Kaufhaus in der Nähe zeitgemäßere Kleidung besorgt hatten, trafen sich Piper und Phoebe in der Empfangshalle, wo Cole wieder einmal in Zeitungen und Magazinen blätterte. Phoebe kam nicht umhin, Coles Veränderung zu bemerken. Sie zeigte sich sogar in seiner Körperhaltung. Er musste sich sehr anstrengen, um seine selbstbewusste, ja arrogante Ausstrahlung zu wahren. Phoebe hatte ihn bisher nur einmal als Mensch erlebt, und zwar in der kurzen Zeitspanne, nachdem Balthasar, seine dämonische Hälfte, vernichtet worden war, und bevor er die Macht übernahm, mit der er zu der Quelle wurde. In dieser Phase war er halb von Sinnen gewesen, weil er verzweifelt nach Möglichkeiten gesucht hatte, wie er zum Schutz der Zauberhaften beitragen konnte – oder weil er gern wiedererlangt hätte, was man ihm genommen hatte. Phoebe wusste immer noch nicht, welche Erklärung die richtige war.

Als sie nun beobachtete, wie er sich bemühte, der Cole Turner zu sein, der er vor der Zeitreise gewesen war, fragte sich Phoebe, ob man wirklich auf seine Hilfe vertrauen konnte oder ob sie ihn – Waffenstillstand hin oder her – besser fesseln und in einen Wandschrank sperren sollten, bis sie einen Weg gefunden hatten, wie sie nach Hause kamen.

»Bereit?«, fragte sie ihre Schwester.

Piper holte tief Luft und atmete langsam wieder aus. »Aber immer. Paige muss allerdings erst mal ruhen. Der Hotelarzt sagte mir, er wird jede halbe Stunde nach ihr sehen.«

»Gut.«

Sie gingen zur Tür, und Cole eilte herbei, um sie ihnen aufzuhalten, aber der Portier war schneller. Als sie auf der Straße ankamen, rief Cole ihnen hinterher: »Hey, ihr beiden, ich muss in eure Richtung. Was dagegen, wenn ich mitkomme?«

Phoebe hatte etwas dagegen, aber sie hielt ihren Mund und grunzte nur zustimmend. Sicher, Cole hatte sich nützlich gemacht, indem er die Zeitschriften studiert und sich noch einmal mit all den kleinen Details dieser Zeit vertraut gemacht hatte, aber er musste ja nicht unbedingt im gleichen Augenblick das Hotel verlassen wie sie und Piper. Er hatte auf sie gewartet, das wusste sie genau, und nun heftete er sich an ihre Fersen. Er bespitzelte sie.

Wie er es früher schon getan hatte, als sie noch zusammen gewesen waren.

Phoebe übernahm die Führung. Sie war fest entschlossen, sich nicht von Cole ärgern zu lassen. Sie stolzierte in ihrem blauen knielangen Kleid mit großen Karos und riesigen Schulterpolstern davon, zu dem sie einen roten Gürtel und flache rote Schuhe trug. Pipers Outfit war weniger auffällig: Sie trug ein einfaches weißes Kleid mit schmalen blauen Streifen und großen Schulterpolstern, dazu einen blauen Gürtel und weiße Schuhe. Sie hatte einen kleinen blauen Filzhut auf dem Kopf, mit dem sie sich vorkam wie ihre eigene Urgroßmutter – aber so kleidete man sich nun mal zu dieser Zeit.

Unter ihren Kleidern spürten Phoebe und Piper den unangenehmen Druck ihrer Schnürmieder. In den Vierzigern stand man offenbar auf Wespentaillen. Piper beschwerte sich die ganze Zeit darüber, wie sehr dieses Mieder sie in ihrer Bewegungsfreiheit einschränkte. Sie fühlte sich wie eine Mumie aus einem alten Horrorfilm. Phoebe fand die geschnürten Teile irgendwie sexy. Zu ihrer Erleichterung hatten sie jedoch erfahren, dass die Frauen derzeit keine Strümpfe trugen, weil Seide und Nylon kriegsbedingt sehr knapp waren.

Eine kühle Brise wehte ihnen entgegen, und der Himmel über der Stadt war blau. Richtung Meer sammelten sich jedoch dunkle Wolken, die bedrohlich nach Platzregen aussahen. Das bernsteinfarbene Sonnenlicht war sehr grell geworden, und umriss alle Details dieser merkwürdigen Zeit, die derart ausgeleuchtet umso realer wirkten. Die Zauberhaften waren zuvor schon in der Zeit gereist, und auf jeder Reise waren sie sich irgendwann wie im Traum vorgekommen, wie in einer irrealen, unwirklichen Welt. Aber es waren ganz banale Einzelheiten wie der Duft eines Rasierwassers, das Gefühl von fremder, ungewohnter Kleidung auf dem Körper, oder auch das Summen einer vorbeifliegenden Biene, die ihnen klarmachten, dass alles ganz real war und jede Handlung, die sie unternahmen, Konsequenzen haben konnte.

Wenn sie beispielsweise kurz stehen blieben, um mit einem süßen Typen zu flirten, kam der vielleicht zu einem Termin zu spät, zu dem er sonst rechtzeitig gekommen wäre. Unter Zeitdruck wurde der Typ unter Umständen nervös, machte Fehler und versagte vielleicht beim Abschluss eines Geschäfts, das er getätigt hätte, wenn alles wie vorgesehen gelaufen wäre. Dieser eine Verkauf jedoch konnte der Schlüssel zum Erfolg für ihn sein, und er konnte reich werden und mit dem Geld, das er spendete, unzählige Leben retten. All das machten sie zunichte, wenn sie auch nur ein kleines bisschen am natürlichen Lauf der Dinge herumpfuschten.

Wenn das Gleichgewicht der Zeit allerdings tatsächlich so leicht zu stören war, dann versteckten sie sich am besten in einer Höhle, bis sie alt und grau waren, sprachen mit keiner Menschenseele und unternahmen nicht das Geringste, um sich aus ihrer misslichen Lage zu befreien. Nein, Piper musste einfach daran glauben, dass, obwohl ihre Theorie über das Herumpfuschen am Lauf der Dinge mit Sicherheit richtig war, die Zeit die Größe besaß, sich nicht beeinträchtigen zu lassen und einen Weg zu finden, damit alles so lief, wie es eigentlich laufen sollte. Sie mussten vermutlich nur darauf achten, dass sie keine größeren Zusammenhänge durcheinander brachten – zum Beispiel, dass sie nicht einen zukünftigen Präsidentschaftskandidaten überfuhren, der gerade irgendwo Zeitungen austrug.

Wie sollten sie auch sonst etwas unternehmen, um herauszufinden, warum sie in dieser Zeit gelandet waren und wie sie zurück nach Hause kamen?

Piper hakte sich bei ihrer Schwester unter, um sie an die vor ihnen liegende Aufgabe zu erinnern und von dem lustigen Anblick zahlreicher gut aussehender Männer abzulenken, die zum Gruß an ihre Hüte tippten, wenn sie an ihnen vorbeikamen. Hinter ihnen schimpfte Cole eifersüchtig vor sich hin.

»Denk dran!«, sagte Piper. »Diese Zeit ist seltsam, und die Leute verhalten sich merkwürdig, zumindest in unseren Augen, was sehr unterhaltsam sein kann. Aber unser oberstes Ziel ist es, nach Hause zu kommen. Wir müssen andere Hexen finden.«

Phoebe nickte energisch. »Oder jemanden mit einem echten Interesse an Magie.«

»Im Moment bin ich da nicht so wählerisch.«

Stirnrunzelnd fügte Phoebe hinzu: »Ich sehe nur nicht so recht ein, warum wir Ziele brauchen, wo wir doch genug Geld haben und nicht arbeiten müssen. Das ist doch reine Zeitverschwendung!«

Piper zog ihre Schwester an sich und flüsterte ihr ins Ohr: »Willst du etwa bis an dein Lebensende finanziell von Cole abhängig sein? Mit dem Geld, das wir für den Schmuck gekriegt haben, kommen wir nämlich nicht weit.«

»Gutes Argument«, entgegnete Phoebe ernüchtert.

»Wir müssen mit diesen Menschen in Kontakt treten und herausfinden, warum wir hier gelandet sind, und wir brauchen Leute, die uns helfen, nach Hause zu kommen.«

Die Autos, die an ihnen vorbeifuhren, während sie nach Jobangeboten in den Fenstern der Geschäfte Ausschau hielten, bewegten sich nach modernen kalifornischen Maßstäben im Schneckentempo. Phoebe wurde immer verärgerter und verschränkte die Arme vor der Brust, während sie die Produkte in den Auslagen studierte.

»Okay, spuck's aus!«, sagte Piper schließlich. »Wo drückt dich nun wieder der Schuh?«

Phoebes Augen funkelten. »Wo mich der Schuh drückt? Wir sind im Gibt-es-nicht-Land angekommen! Es gibt kein

Wasser in Flaschen. Keine Pflegespülung. Keine guten Haarpflegeprodukte. Kein Fernsehen. Kein Süßstoff. Alles, wonach ich mich seit unserer Ankunft sehne, fällt in die Gibt-es-nicht-Kategorie. Ich komme mir vor wie in der Hölle!«

Cole schloss eilig zu ihnen auf. »Zu dieser Zeit ist es in der Hölle tatsächlich besser, was solche Dinge angeht. Immerhin kriegt man da entkoffeinierten Kaffee. Ich meine, die Dämonen sind schon verrückt genug ohne ...«

»Bitte erspar uns das«, fiel Phoebe ihm verärgert ins Wort. »Diese Infos sind nicht unbedingt nützlich.«

»Sind sie wohl – wenn ich euch nämlich was davon auf dem Dämonen-Schwarzmarkt besorgen kann.«

»Nein, danke«, entgegnete Phoebe frostig. Sie runzelte die Stirn. Cole hing ihr immer noch am Rockzipfel wie ein verlorener kleiner Hund. Seufzend fragte sie: »Cole, warum verfolgst du mich ständig?«

Plötzlich kam ein Mann im Anzug auf sie zu, der eine Aktentasche trug. »Madam, werden Sie von diesem Mann belästigt?«

Cole kicherte. »Nicht zu fassen!«

Der Mann sah ihn jedoch durchdringend und mit unverhohlener Wut an.

Du liebe Güte!, dachte Piper. Die fangen gleich noch an sich zu prügeln!

»Wisst ihr was?«, meinte Cole und ergab sich mit erhobenen Händen. »Ich gehe jetzt in die andere Richtung. Wir sehen uns später!«

Cole schlenderte davon und winkte dem Geschäftsmann noch einmal zu.

»Madam, soll ich mich für Sie um diese Angelegenheit kümmern?«, fragte der Mann mit der Aktentasche.

Phoebe sah ihn überrascht an. »Das ist sehr freundlich von Ihnen. Aber wie verlockend Ihr Angebot auch ist, ich muss Nein sagen. Machen Sie sich keine Gedanken!« Sie sprach lauter, damit auch Cole sie hören konnte. »Er ist ja nicht gefährlich oder bedrohlich oder so!«

Cole warf ihr über die Schulter hinweg einen giftigen Blick zu und rief spöttisch grinsend: »Wie du meinst!«, bevor er sein gut aussehendes Gesicht wieder nach vorn wandte und überrascht zur Seite sprang. Mit knapper Not entging er einem Taxi. Der Fahrer schüttelte wütend die Faust und brüllte: »Passen Sie doch auf, wo Sie hinlaufen, Sie Witzbold!«

Erschreckt sah sich der ehemalige Dämon auf der Straße um und eilte auf den Gehsteig, wo er sich rasch in der Menge verlor. Der Geschäftsmann tippte an seinen Hut und ging weiter, als sei nichts geschehen.

»Weißt du, nach allem, was ich mit ihm erlebt habe, ist es schon witzig, Cole so zu sehen«, sagte Phoebe, als sie mit Piper weiterging.

Da bemerkte sie, dass ihre Schwester vor Wut kochte. Piper schwieg sich allerdings aus – noch jedenfalls –, weil sie gern vor sich hinschmorte, bis sie explodierte.

Oder zum Explodieren gebracht wurde.

»Okay, jetzt mal umgekehrt – wo drückt *dich* der Schuh?«, fragte Phoebe und seufzte. »Abgesehen von der Tatsache, dass ich Probleme mit diesem Waffenstillstand mit Cole habe. Tut mir Leid. Ich weiß, es sieht nicht so aus, aber ich gebe mir Mühe. Es ist nur so: Jedes Mal, wenn ich ihm den kleinsten Anlass gebe, wird er total selbstgefällig und großspurig oder unausstehlich oder ...«

»Ich glaube, es liegt an seinem Stolz«, sagte Piper. »Er ist in seinem Stolz verletzt, und das ist seine Art, damit umzugehen.«

Piper hat vermutlich Recht, dachte Phoebe. Gerade hatte sie selbst gesagt, sie gebe Cole Anlass zu diesem Verhalten. Aber was bedeutete das genau? Hatte sie etwa sagen wollen, sie begegne ihm großmütig mit ungefähr der Höflichkeit, die sie einem völlig Fremden zukommen lassen würde?

Piper hatte wirklich Recht; ihr Verhalten musste Cole ziemlich wurmen. Sie hatte sich zwar Mühe gegeben, aber sie musste sich einfach noch mehr anstrengen.

Vertrauen würde sie Cole trotzdem nicht.

»Ich bin eigentlich sauer auf diesen Typen«, zischte Piper. »Der wäre ja fast auf Cole losgegangen.«

Phoebe strahlte. »Ach, dieser Lancelot oder Galahad oder wer auch immer?«

»Allerdings! Ich kann ganz gut auf mich selbst aufpassen, vielen Dank!«, schimpfte Piper. »Und du auch!«

»Nun, wie du schon sagtest: Sieh dich um! Das ist eine andere Zeit, Schwester!«

Piper ließ ihren Blick über die Straße schweifen. Sie sah Männer, die Frauen die Türen aufhielten, und andere lächelten und schwenkten die Hüte, wenn sie sich einer Frau näherten. In einem Straßencafé bot ein Mann seiner Begleiterin einen Stuhl an.

»Mit dieser Machotour brauchen die Kerle es erst gar nicht bei mir versuchen!«, sagte Piper bissig.

»Aber das werden sie, und du wirst es zulassen«, entgegnete Phoebe bestimmt. »Wir müssen uns anpassen, nicht wahr? Das hast du selbst gesagt. Und was ist falsch daran, wenn die Jungs sich ein bisschen wie richtige Gentlemen benehmen? Wenn Leo sich dir gegenüber so verhält, hast du doch auch nichts dagegen!«

»Das ist etwas anderes. Leo ist Leo. Wenn er das tut, ist es nicht bloß eine Geste.« Sie sah traurig fort. »Und ich will keine Welt mit unzähligen Leos. Ich will *meinen* Leo. Ich will ihn wiederhaben. Ich will nach Hause!«

Phoebe fasste Piper am Arm und zog sie an sich. »Wir kommen wieder nach Hause, Süße. Mach dir keine Sorgen, wir schaffen es.«

Sie gingen schweigend weiter – zumindest ein, zwei Minuten lang.

»Mir ist noch etwas aufgefallen«, sagte Phoebe und wies mit dem Kopf in Richtung einer Gruppe von Frauen, die vor einem Bekleidungsgeschäft standen.

»Was denn?«

»Es gibt kein Grün. Außer bei diesen Typen, die da am

Strand den Film gedreht haben – du weißt schon, die Armeeklamotten – gibt es hier nirgendwo auch nur das kleinste bisschen Grün. Keine grünen Kleider. Keine grünen Hüte oder Handtaschen. Nicht mal grüne Aufkleber oder so, es gibt einfach kein Grün. Ist Grün etwa rationiert worden?«

»Das ist es tatsächlich«, antwortete Piper.

»Soll das ein Witz sein?«

»Nein, das stimmt. Leo hat es mir gesagt. Die Armee braucht Unmengen von grünem Farbstoff für die Uniformen und hat praktisch die kompletten Vorräte des Landes aufgekauft.«

»Wenn wir also jemanden sehen, der etwas Grünes trägt, dann wissen wir, dass es ein unmodernes, altes Stück ist.«

»Die Mode ist im Moment wirklich nicht das Hauptproblem«, sagte Piper. Sie traten an das Schaufenster des Bekleidungsgeschäfts, als die jungen Frauen weggingen. Man hatte gerade eine offizielle Meldung der Regierung an die Scheibe gehängt.

Phoebe beugte sich vor und las ein paar Zeilen. »Huch! Hier steht, es gibt einen Rat für Kriegswirtschaft, und dessen Aufgabe ist es zum Beispiel, dafür zu sorgen, dass möglichst viel Kleiderstoff und Metall der Armee zufließen. Daher also die engeren Kleider und die kürzeren Röcke ... ähm, im Vergleich zu vorher, meine ich.«

Piper und Phoebe konnten sich nicht daran gewöhnen, dass sie von Röcken, die bis über die Knie reichten, in ihrer Bewegungsfreiheit eingeschränkt wurden.

Ein paar Männer kamen ihnen entgegen, und Phoebe studierte ihre Kleidung. Keine Anzugwesten. Keine Ellbogenschoner an den Jacketts. Die Hosen ohne Aufschläge. Wie man sieht, muss jeder seinen Teil beitragen!, dachte Phoebe.

Sie blieb vor einem Schaufenster stehen, um einen prüfenden Blick auf ihre Frisur zu werfen.

»Hörst du wohl damit auf!«, schimpfte Piper und zog ihre Schwester fort. »Du siehst gut aus!«

Als sie ein Stück weitergegangen waren, begann Piper

plötzlich zu strahlen. Phoebe verstand nicht warum. Sie standen vor einem ganz gewöhnlichen alten Drugstore.

»Das ist *Schwab's Drugstore*«, sagte Piper begeistert. »Leo hat mir schon oft davon erzählt. Das ist einer von den Läden, in denen sich Berühmtheiten und am Hungertuch nagende Schauspieler, Autoren und Musiker rumgetrieben haben, und wenn sie wirklich in Not waren, bekamen sie eine Mahlzeit umsonst. Hier wurden viele Leute entdeckt!«

Phoebe zeigte auf ein Schild mit einem Jobangebot. »Und die suchen eine Küchenhilfe!«

»Das wird ja immer besser«, meinte Piper. »Mir hat die Arbeit als Köchin schon gefehlt. Der Rummel um die Kochtöpfe hat schon etwas Aufregendes.«

»Au«, sagte Phoebe, »hat *dein* Kopf auch was abbekommen, als wir mit diesen fiesen Dämonen gekämpft haben?«

»Halt den Mund und lächle!«, entgegnete Piper, zog Phoebe in den Drugstore und setzte sie rasch an einem kleinen Tisch im Restaurantbereich ab. Dann eilte sie auf die Schwingtür zu, hinter der die Küche lag, klopfte an und ging hinein.

Phoebe suchte nach einer Speisekarte. Als sie keine fand, drehte sie sich zu der Tafel mit den Tagesgerichten hinter der Theke um. Dabei fielen ihr zwei Frauen auf, die ein paar Tische weiter saßen. Ihr Make-up war so dick, dass man Angst kriegen konnte. Ihre Kleidung hingegen sah ganz nach einem langen Tag in der Fabrik aus.

Seltsam.

»Ich liebe diese Spots mit Rosie the Riveter«, sagte die Erste begeistert. »Natürlich würde ich mich niemals vor meinen Pflichten drücken, das ist klar. Seit Joe im Krieg ist, ist das Haus so still und einsam, besonders nachts. Seinen Platz am Montageband einzunehmen, gibt mir ein gutes Gefühl. Ich leiste meinen Beitrag!«

Ihre Begleiterin lachte. »Natürlich, aber weißt du was? Die haben gesagt, ich bräuchte einen High-School-Abschluss für diese Arbeit. Als hätte ich keinen!«

»Ja, und als wäre das wirklich wichtig! Die brauchen doch jeden Lebendigen, um die Lücken zu füllen. Wenn du atmen kannst, bekommst du auch Arbeit.«

Das ist gut, dachte Phoebe, dann ist die Sache nicht ganz aussichtslos für mich. Aber in die Fabrik? Ans Montageband? Auf keinen Fall! Das war nichts für sie. Das würde sie nicht tun.

Es sei denn, ein Fabrikjob wäre die einzige Alternative zur Abhängigkeit von Cole ... In diesem Fall würde sie sich doch die Hände schmutzig machen! Zwei Frauen standen ein Stück weiter im Einkaufsbereich des Drugstore und betrachteten kopfschüttelnd die halb leeren Regale. Die eine trug einen geblümten Hut, die andere ein Paar Rüschenhandschuhe, die ihr bis zu den Ellbogen reichten. Diese Damen arbeiteten bestimmt nicht in der Fabrik, so viel war sicher.

Phoebe drehte unauffällig den Kopf, um die beiden zu belauschen.

»Zum allerersten Mal läuft es bei uns wirklich gut. Im Vergleich zu der Zeit nach unserer Hochzeit 1937 haben wir heute Geld wie Heu! Das Problem ist nur, man kann damit heutzutage nicht viel anfangen. Ich habe ja Verständnis für die Preiserhöhungen, aber die andauernde Rationierung geht mir wirklich auf die Nerven. Und alles, was getan wird, ist nur für den Krieg.«

»Ich weiß. Aber würdest du wollen, dass unsere Jungs ohne alles dastehen?«

»Nein, natürlich nicht.« Sie lachte. »Ich verstehe es zwar und bin auch damit einverstanden, aber ...«

»Das heißt nicht, dass ich mich nicht trotzdem darüber beschwere!«, sagten beide Frauen gleichzeitig und fingen an zu lachen.

»Ähm!«

Phoebe sah überrascht auf. Vor ihr stand eine große, runde, grimmig dreinblickende Frau; die Boxcar Bertha hätte sein können.

Die Kellnerin.

»Was wünschen Sie?«, fragte Bertha.

Phoebe lächelte. »Ich hätte gern einen Mokka-Frappuccino.«

»Was soll das sein?«

Phoebe sah die Frau verdutzt an. Sie wusste, sie war in einer anderen Zeit. Und sie hatte auch verstanden, dass vieles anders war, aber manche Dinge waren für das Überleben einfach zwingend notwendig. Wie kamen sie im Jahre 1942 ohne aus? Phoebe konnte es nicht begreifen. Noch nicht jedenfalls. »Tja, das ist eine Art von Kaffee.«

»Kaffee. Den haben wir. Wie möchten Sie ihn?«

Phoebe zögerte. Sie ahnte bereits, was die Kellnerin antworten würde, aber sie beschloss, trotzdem zu fragen. »Entkoffeiniert?«

Die Kellnerin biss die Zähne zusammen und tat so, als wische sie sich den Schweiß von der Stirn. »Sie sind nicht von hier, was?«

Phoebe schüttelte den Kopf.

Bertha ging an die Theke und kehrte rasch mit Phoebes Kaffee zurück. »Sonst noch was?«

»Im Augenblick nicht, nein«, sagte Phoebe. Dann überlegte sie es sich anders. »Eigentlich wären Milch und Zucker nicht schlecht.«

»Milch haben wir, aber Zucker nicht. Tut mir Leid, Schätzchen. Auch wir haben unter der Rationierung zu leiden. Sie müssen morgens ganz früh kommen, wenn Sie Zucker wollen, sage ich den Leuten immer. Mit Gemüse ist das genauso. Sie bekommen keine roten Punkte, wenn wir nichts mehr dahaben.«

»Oh«, machte Phoebe und lächelte so strahlend, dass sie befürchtete, wie eine komplette Idiotin auszusehen. Sie hatte keine Ahnung, wovon die Frau redete. »Okay.«

Bertha ging davon. Phoebe schnupperte an ihrem Kaffee und freute sich über das unerwartet kräftige Aroma.

In dem Lokal waren ungefähr ein Dutzend Leute, darunter auch vier Männer, die eine lebhafte Unterhaltung über einen Boxer und eine Gangsterbraut führten und sich mit Namen wie »Runyon« oder »Fitz« anredeten. Phoebe beachtete sie kaum, denn ihr war eine junge, zierliche Frau aufgefallen. Sie blickte wie gebannt auf den Anhänger der langen silbernen Kette um ihren Hals. Die Frau sah überall hin, nur nicht in Phoebes Richtung, während sie nervös an der Kette herumfummelte. Die Nachmittagssonne fiel auf ihr hübsches, herzförmiges Gesicht und ließ ihre großen Rehaugen leuchten. Ihr dunkles, gewelltes Haar hatte sie zu einem ordentlichen Knoten aufgesteckt, der von einer Spange mit einem silbernen Schmetterling gehalten wurde. Mit den schlanken Fingern der freien Hand trommelte sie auf den Tisch, und das Käsesandwich, das vor ihr stand, rührte sie kaum an. Und da war noch etwas: Ihr Kleid zählte zu den hübschesten, die Phoebe bislang gesehen hatte. Im Grunde war es ein einfaches, schulterfreies hellbeiges Modell mit besticktem Kragen, aber es war nachträglich mit einem wunderschönen Blumenmuster bedruckt und mit kleinen schimmernden Perlen bestickt worden. Ihre ungewöhnlich vollen Lippen hatte die junge Frau zu einem Schmollmund aufgeworfen.

Der Anhänger war ein fünfzackiger Stern, der auf gewisse Weise dem Emblem auf dem Buch der Schatten ähnelte. Phoebe nahm ihre Kaffeetasse und bewegte sich lässig auf die junge Frau zu. Als sie an ihren Tisch kam, sagte sie: »Das ist eine sehr hübsche Kette.«

»Oh, vielen Dank!« Die junge Frau hörte auf, mit der Kette zu spielen und sah sie strahlend an. »Möchten Sie sich vielleicht zu mir setzen?«

»Sehr gern.« Phoebe setzte sich, stellte ihren Kaffee ab und beugte sich grinsend vor. »Wahrscheinlich bringt es diese grantige Kellnerin zur Weißglut, wenn sich jemand umsetzt.«

Nickend entgegnete die junge Frau: »Sie ist wirklich 'ne Marke!« Sie reichte Phoebe die Hand. »Ich bin Chloe.«

»Phoebe.« Als sich ihre Hände berührten, spürte Phoebe, wie es förmlich zwischen ihnen funkte. Sie lächelte. »Haben

Sie gehört, wie die Kellnerin fragte, ob ich nicht von hier bin?«

Chloe nickte.

»Es überrascht mich, dass sie nicht gefragt hat, ob ich im Kloster war – so uninformiert, wie ich bin«, fügte Phoebe hinzu.

»Waren Sie denn im Kloster?«, fragte Chloe ganz ernst.

Keine schlechte Idee, fand Phoebe. Sie musste ihren Mangel an Wissen irgendwie erklären. »Ja, das war ich.«

Chloes Hand schloss sich um den Anhänger an ihrer Kette, als wolle sie ihn verbergen.

Oh-oh, dachte Phoebe. Also doch eine schlechte Idee. »Ich war nicht immer im Kloster. In den letzten Jahren bin ich viel gereist. Ich habe so viel gesehen und erlebt, was die Schwestern gar nicht verstehen würden ... da unten in Jamaika und diesen Ländern, wo es wirklich interessante Glaubensrichtungen gibt.«

Chloe merkte auf. »Oh.« Sie kicherte. »Ich wette, hier bei uns kommt Ihnen bestimmt vieles sehr merkwürdig vor.«

»In der Tat.«

Chloe setzte sich gerade hin und nahm die Pose einer strebsamen Erstklässlerin am ersten Schultag ein. »Nur zu, fragen Sie mich alles, was Sie wissen wollen!«

Da, wo ich herkomme, dachte Phoebe, heißt es immer: Frag Phoebe! – Aber hey, wenn man auf Zeitreise ist ...

»Okay, dann verraten Sie mir bitte Folgendes«, sagte Phoebe in verschwörerischem Tonfall. »Diese beiden Frauen, die so stark geschminkt sind, diese Rosie the Riveters, was sind das für welche?«

»Sie meinen, warum sie sich so stark schminken, wenn sie in die Fabrik gehen?«

»Ja.«

»Der Fabrikbesitzer hält sie dazu an. Ich vermute, sie arbeiten in der Munitionsherstellung. Das Make-up schützt ihre Haut vor den Chemikalien, die dort wahrscheinlich verwendet werden.«

»Huch«, machte Phoebe. Das klang plausibel. »Noch eine Frage. Ich weiß, Sie werden mich ansehen, als hätte ich zwei Köpfe oder so, aber ich frage trotzdem: Was sind rote Punkte?«

»Haben Sie denn keine Bezugsscheine?«

»Nein«, entgegnete Phoebe argwöhnisch.

Chloe holte ein kleines Heft aus ihrer Handtasche. Darin befanden sich kleine Marken, die mit Panzern, Flugzeugträgern und so weiter illustriert waren. Eine Hand voll kleiner Marken rutschte aus dem Heft. »Wenn Sie sich Ihre Rationen abholen, bekommen Sie statt Wechselgeld diese kleinen Marken hier zurück. Die werden rote Punkte genannt.«

»Aha«, sagte Phoebe und dachte daran, wie schwierig es werden würde, ohne ein solches Heftchen die einfachsten Dinge des Lebens zu besorgen.

»Hey, hören Sie mal zu!«, rief Bertha und drehte das Radio hinter der Theke auf. Die vier Männer und mehrere andere Gäste im Lokal drehten sich interessiert um.

»Die folgende Geschichte haben wir der Zuckerrationierung zu verdanken«, sagte der Radiosprecher. »Ein Herumtreiber, der großen Appetit auf Süßes hatte, verschaffte sich Zugang zum Haus von Mrs Eugene Johnson, wohnhaft 3404 Hollywood Street. Er klaute lediglich ein paar Stückchen Zucker. Ansonsten hat er nach Aussage der Polizei nichts angerührt.«

»Du bist unsere Muse!«, rief einer der Männer und kritzelte Notizen auf ein Stück Papier.

»Und vergesst nicht, wie hübsch ich bin!«, drohte Bertha. Das versprachen ihr die vier Schreiber fröhlich.

Phoebe und Chloe lachten. Dann nahm Chloe schüchtern ihre Kette ab und legte sie auf den Tisch. »Darf ich Ihnen etwas anvertrauen?«

»Bitte, nur zu!«

»Normalerweise trage ich die Kette nicht offen. Ich möchte nicht, dass die Leute sie sehen, weil ... das ist etwas Privates. Aber bei Ihnen hatte ich gleich das Gefühl, wir würden uns verstehen.«

»Der eine glaubt dies, der andere das. Ist doch kein Problem.«

»Ich wünschte, alle würden so denken.«

Eine große Traurigkeit überkam Phoebe: Hatte es irgendwann mal eine Zeit gegeben, in der Hexen nicht auf die eine oder andere Art verfolgt worden waren? – Natürlich wusste sie gar nicht, ob Chloe wirklich eine Hexe war.

Phoebe hatte in ihrer Zeit Gruppen von Frauen und auch einige Männer kennen gelernt, die in ihren Augen bloß Möchtegern-Hexen und Zauberer waren. Diese Leute hatten Spaß an den Klamotten, dem Schmuck, den Räucherstäbchen und den Rezeptbüchern, die man in jedem New-Age-Laden kaufen konnte, aber sie *glaubten* nicht an die Magie. Ihr Interesse war vielmehr sozialer Natur, und bei ihren wöchentlichen Treffen ging es darum, über Freunde und Mitarbeiter zu tratschen, und nicht um das ernsthafte Studium der erstaunlichen und heilsamen Aspekte der Hexenkunst.

Aber solche Leute gab es schließlich überall, dachte Phoebe. Hobbyisten, Liebhaber und Amateure. Ihr Vater hatte ihr einmal von einem Kollegen erzählt, dessen Steckenpferd der Bürgerkrieg war. Er hatte immer wieder von Leuten berichtet, die, mit alten Uniformen kostümiert, bei der Nachstellung von Schlachten mitwirkten, ohne jedoch auf modernen Komfort verzichten zu wollen. Ihre Handys klingelten mitten im Angriffssturm, oder sie ließen sich Pizzas liefern, wenn sie hinter den feindlichen Linien festsaßen.

Phoebe spürte instinktiv, dass die junge Frau ihr gegenüber, selbst wenn sie selbst keine Macht besaß, zumindest ein gewisses Verständnis für die Magie mitbrachte. Ihr war unter Umständen bewusst, dass es innerhalb dessen, was die meisten als die irdische, ganz normale Realität ansahen, unterschiedliche Welten gab, sichtbare und unsichtbare, die nebeneinander existierten.

Phoebe beschloss, es einfach zu riskieren.

»Ich glaube an die Magie«, sagte sie.

Chloes Augen weiteten sich, dann fiel die Anspannung von ihr ab. »Ich wusste es!«, rief die junge Frau erleichtert, nahm Phoebes Hände und drückte sie begeistert. »Ich wusste es einfach!«

Sie sprachen über Chloes Beziehung zur Magie, die an dem Tag begann, als sie von einer Hexe gerettet wurde, die Phoebes Ansicht nach einer ziemlich bösen Macht angehört haben musste. Chloe hatte sich in Los Angeles keinem Hexenzirkel angeschlossen, aber sie war eifrig dabei, die wahren Anhänger der Magie in der Gegend aufzuspüren. »Ich komme aus dem Norden. Ich habe bei einem Dinnertheater gearbeitet, als ich den Anruf wegen *Osiris* bekam.«

Phoebe blinzelte erstaunt. »Osiris? Der ägyptische Gott?« Sie hoffte inständig, dass die Sache nichts mit heidnischen Gottheiten zu tun hatte.

Chloe strahlte sie an. »Nein, aber ich weiß, warum Sie daran dachten. Ich meinte die *Osiris Studios*. Also, es ist eigentlich nur ein Studio, und ein kleines dazu. Es besteht aus einer Halle und der Hälfte des Bürogebäudes daneben. Trotzdem, Sie wissen schon, Filmbusiness!«

»Was machen Sie denn da?«

»Ich mache Kostüme.«

Phoebe lächelte. »Daher das wunderschöne Kleid!«

Chloe errötete. »Danke. Hey, hören Sie, Sie haben vielleicht mehr Glück, als Sie ahnen. Sie sagten, Ihre Schwester fragt gerade nach Arbeit?«

»Ja, richtig«, entgegnete Phoebe. »Ich suche eigentlich auch.«

»*Osiris* hat Jobs zu vergeben.«

»Wirklich?«

»Man verdient nicht viel Geld. Und es ist auch nicht wirklich glamourös. Man hat den ganzen Tag mit Kleidern zu tun.«

Phoebe horchte auf. »Kleider, hm? Oh, meine Liebe, Sie haben ja keine Ahnung, wen Sie vor sich haben! Ich bin ein Naturtalent, was das betrifft.«

»Die Leute im Studio finde ich alle wirklich nett. In letzter Zeit lief es zwar nicht so gut, aber ...«

»Probleme, hm? Waren Sie deshalb auf der Suche nach ... Hexen?«

»Das ist ein Grund. Wenn Sie möchten, können wir gleich rübergehen.«

Sie standen auf, als Piper mit einem triumphierenden Lächeln im Gesicht aus der Küche kam. »Phoebe, hey, gute Nachrichten, und ... wohin willst du?«

»Piper, Chloe. Ich kriege vielleicht einen Job beim Film – muss mich beeilen!«, sagte Phoebe und hakte sich bei Chloe unter, die ihre Kette wieder anlegte und den Anhänger unter dem Kragen ihres Kleides verbarg. Piper fand Phoebes Plan gut. Im Drugstore war nur ein Job frei gewesen, und da sie vorhatten, sich anzupassen und andere Hexen ausfindig zu machen, war es nur sinnvoll, wenn sie sich ein wenig in der Stadt verteilten. Ein Blick auf Chloes Kette verriet Piper, dass Phoebe definitiv auf der richtigen Fährte war.

»Oh, freut mich!«, sagte Chloe, aber da wurde sie bereits von Phoebe zur Tür hinausgezerrt.

»Oh-oh«, machte Piper nur. Als sie sich umdrehte, stand Bertha vor ihr.

»Sie sind eingestellt worden, hm?«, fragte Bertha.

»Ja, richtig. Ich bin Piper.«

»Hab ich mir fast gedacht.« Bertha runzelte die Stirn. »Ach, seien Sie froh über den Mangel an Arbeitskräften. Wenn Sie atmen können, finden Sie heutzutage auch einen Job.«

Ist sie nicht ein Schatz?, dachte Piper. Dann machte sie auf dem Absatz kehrt und ging an die Arbeit.

Eine Stunde später und ein paar Blocks weiter hatte Phoebe ihr Bewerbungsgespräch hinter sich gebracht. Der Chefkostümbildner fand Phoebe sympathisch und bot ihr sofort die Stelle der Garderobenassistentin an. Chloes Empfehlung war sicherlich hilfreich gewesen, aber Phoebe hatte das

Gefühl, die Probleme, die ihre neue Freundin erwähnt hatte, waren der Hauptgrund, warum sie diesen Job so schnell bekommen hatte.

Wie Chloe gesagt hatte, war *Osiris* tatsächlich das kleinste Studio auf der Welt. In der Halle waren vier verschiedene winzig kleine Sets aufgebaut. Klopfte man an die Wand des Militärbüros, konnte man das auf der anderen Seite in der Gefängniszelle hören. Hämmerte man an eine der Zellenwände, kam womöglich einer herbeigelaufen, der aussah wie ein Nazi! Und wenn man in diesem kleinen Raum zu laut sprach, hörte es die Familie aus dem Mittleren Westen, die nebenan in ihrem Wohnzimmer vor dem Radio saß. Natürlich waren die Schauspieler nicht alle gleichzeitig im Einsatz, aber allein die Vorstellung war kurios!

Die Tontechniker bereiteten eine Szene vor, während die Kameramänner und ihre Assistenten einen neuen Film in die Kamera einlegten. In der Höhe turnten Beleuchter herum und richteten die Scheinwerfer aus, während eine Frau in einem dunklen Pullover, die die Hauptdarstellerin doubeln sollte, stirnrunzelnd das Drehbuch durchging. Aus einem Grund, über den niemand reden wollte, fehlte an diesem Morgen die eigentliche Ersatzfrau. Ein junger Mann kam von der Kamera aus mit einem Maßband auf die Frau zu. Sie sah ihn böse an, aber er zuckte nur mit den Schultern und rief dem Kameraassistenten eine Zahl zu.

Überall herrschte reges Treiben. Einige Büros befanden sich im Gebäude nebenan, und das brachte eine Menge Lauferei mit sich. Die Kostüme, die für die Drehs des Tages gebraucht wurden, bewahrte man im Studio auf, und es sollte Phoebes Aufgabe sein, sie im Auge zu behalten. Seit alles rationiert worden war, bekamen die Kleider und Requisiten des öfteren Beine und verschwanden.

Chloe brachte Phoebe in eins der Büros in der oberen Etage der Halle. Phoebe stieg die alte Holztreppe hoch und blieb auf dem nächsten Absatz stehen, um sich die zweite Etage des Studios anzusehen.

Drei Brücken, auf denen die Beleuchter hektisch ihre Scheinwerfer justierten, führten über die Bühnenbilder hinweg quer durch die Halle. Von der Treppe aus gelangte man in einen Korridor, der wie eine Galerie an den Hallenwänden entlanglief und mit stabilen Metallgeländern gesichert war. Chloe nahm Phoebe mit ins Materiallager für die Kostüme. In dem Raum gleich nebenan, der durch eine offene Tür zu sehen war, wurde einem gut aussehenden Mann, der sich permanent beschwerte, seine angeklatschte Frisur mit Haarspray fixiert. Er trug die Uniform eines Offiziers.

»Das ist Freddy Booth, unser Hauptdarsteller«, flüsterte Chloe Phoebe zu. »Er ist ein ziemlicher Jammerlappen und beschwert sich ständig über alles.«

Sie lachten, und Chloe schloss die Tür zwischen ihnen und dem unleidlichen Schauspieler. Sie führte Phoebe an einen großen Tisch, auf dem ein buntes Durcheinander aus Stoffballen, Seidenresten, Vinyl und vielen anderen Materialien verstreut lag.

»Wir verwenden, was wir bekommen können«, erklärte Chloe. »Es ist schon erstaunlich, was im Film alles möglich ist. Ich habe schon gesehen, wie aus Thermosflaschen Raumschiffe entstanden und Hochhäuser aus Milchtüten. Genauso ist es mit den Kleidern. So manches Kostüm, das wir zusammenschustern, wirkt mit bloßem Auge betrachtet lächerlich, aber durch die Kamera hindurch sieht es aus wie ein Kleid für eine Million Dollar. Und jetzt, bei der ganzen Knappheit, ist Kreativität wichtiger denn je. Und nicht nur hier bei uns.«

»Tatsächlich?«, fragte Phoebe, die über diese neue Welt immer noch viel zu lernen hatte.

»Meine Tante Lizzie macht mittlerweile die Kleider für sich und ihre beiden Töchter selbst, dazu benutzt sie Futter- und Mehlsäcke, weil sie nichts anderes bekommt. So machen es viele, die Leute in der Stadt bekommen das nur nicht so sehr zu spüren.« Chloe ging an einen anderen Tisch und nahm eine Halskette in die Hand. »Wir vollbringen wahre Wunder mit Schmuck aus Bakelit. Diese Kette hier macht nicht viel her, aber im Film sieht sie aus wie ein Stück aus der Tiffany-Collection.«

Sie suchten ein paar Dinge zusammen, die der Chefkostümbildner haben wollte, dann gingen sie wieder nach unten. Das kleine Set, auf dem gerade die letzten Vorbereitungen für die nächste Aufnahme getroffen wurden, stellte ein Rekrutierungsbüro der Armee dar. Die weibliche Hauptdarstellerin kam herein, und Phoebe traute ihren Augen nicht.

Was machte Paige denn da? Vor weniger als einer Stunde hatte sie noch ziemlich fertig ausgesehen. Nun stand sie am Set, ganz ruhig, cool und selbstbewusst und ... bereitete sich auf die nächste Szene vor?

»Nicht zu fassen, unglaublich!«, flüsterte Phoebe. Die Kleidung, die Paige trug – eine enge Armeeuniform – unterschied sich ziemlich von den Sachen, die sie im Kaufhaus erstanden hatten. Sogar ihre Frisur war verändert. Das Haar war hochgesteckt und unter einem olivefarbenen Hütchen versteckt, einem schlichten Modell mit schmaler Krempe und einer Plakette, die einen Vogel mit ausgebreiteten Flügeln darstellte, der den Spitznamen »Bussard« trug, obwohl es in Wahrheit ein Adler war. Einige Haarsträhnen lugten aus Paiges Kappe heraus und ringelten sich um ihr Gesicht, und was man nicht unter die Mütze gestopft hatte, fiel ihr glatt gekämmt auf den Rücken.

Sie trug einen dunklen Zweireiher mit breitem Revers, eine Bluse in einer helleren Farbe mit Krawatte, einen engen Gürtel um die schlanke Taille und einen Rock, der ihr züchtig bis über die Knie reichte. Ihre geschnürten Armeestiefel waren derb und unelegant.

»Oh, ich weiß«, sagte Chloe und stellte sich neben Phoebe. »Ist sie nicht großartig? Das ist Penny Day Matthews. Sie ist zwar noch kein großer Star, aber sie hat das Zeug dazu. Sie hat diese besondere Ausstrahlung, meine ich.«

Phoebe betrachtete das Set. Hinter dem großen Schreibtisch im Armeebüro hing das Poster einer Frau, die ähnlich gekleidet war wie der Filmstar. Daneben stand: SIND SIE

EINE FRAU, DIE DAS STERNENBANNER IM HERZEN TRÄGT? DANN SCHLIESSEN SIE SICH JETZT DEN WEIBLICHEN HILFSTRUPPEN DER ARMEE AN! Darunter die Zeilen: TAUSENDE VON STELLEN MÜSSEN IN DER ARMEE BESETZT WERDEN! WOMEN'S ARMY AUXILIARY CORPS DER ARMEE DER VEREINIGTEN STAATEN.

Es war nicht Paige, die dort am Set stand. Natürlich nicht, wie sollte sie auch. Dennoch war die Ähnlichkeit unglaublich.

Nervensäge Freddy kam die Treppe herunter und übernahm die Position seines Licht-Doubles. »Freddy ist da!«, verkündete er. »Der Spaß kann losgehen!«

Die gesamte Crew stöhnte im Chor. Ein kleiner, aber freundlich aussehender älterer Mann mit grauem Anzug und Walross-Bart ging zu Freddy und gab ihm letzte Anweisungen. Dann verließ er das Set wieder und fragte bei den Chefs von Licht und Ton nach, ob alles bereit sei.

»Das ist Oscar Lyons«, erklärte Chloe. Sie hatte immer noch eine Hand voll Requisiten unter dem Arm, die der Chefkostümbildner haben wollte. Phoebe trug den Rest. »Ihm gehören die *Osiris Studios*. Er produziert alle Filme und führt auch selbst Regie.«

Binnen weniger Minuten hieß es »Ruhe am Set!«, und jemand rief »Action!«.

»Es ist vollkommen lächerlich!«, fuhr die Schauspielerin auf, die aussah wie Paige. »Niemand behandelt uns mit dem Respekt, den wir verdienen.«

Freddy, der männliche Hauptdarsteller, gab sich gelassen und grunzte nur.

Die Schauspielerin fuhr fort: »Neulich erst sind Linda und ich in Uniform ins Restaurant gegangen, und weißt du, was man uns dort sagte? Es entspreche nicht den Gepflogenheiten des Hauses, Frauen in Uniform ohne Begleitung einzulassen. Das haben sie gesagt! Wir mussten das Lokal verlassen.«

»Du übertreibst bestimmt wieder«, sagte der Hauptdarsteller steif. Er sah sie nicht einmal an. Stattdessen blickte er über ihre Schulter hinweg in einen kleinen Spiegel an der Wand.

»Ach, Roderick, wie kann ich es dir nur begreiflich machen?«, sagte die Schauspielerin, packte ihn bei den Armen und schüttelte ihn so heftig, dass er sie ansehen musste. »Wir würden an der Seite der Männer kämpfen und sterben, wenn wir die Möglichkeit dazu hätten. Wir leisten unseren Beitrag, aber in den Zeitungen und Magazinen steht, wir wären nicht kompetent und lediglich ein alberner Weiberhaufen.«

»Oh ja, ich habe einen von diesen Cartoons über euch Ladys gesehen ... ziemlich lustig, muss ich zugeben.«

Sie wandte sich frustriert von ihm ab, wobei sie darauf achtete, der Kamera ihr Profil zu bieten. »Ich dachte, wenigstens du würdest mich verstehen. Was glaubst du, warum ich das alles tue?«

»Ich weiß es nicht. Warum tust du es?«

Sie wirbelte aufgebracht um die eigene Achse. »Weil ich dich liebe, du Dummkopf! Und ich selbst bin noch viel dümmer als du, weil ich mir einbilde, du würdest es merken.«

Der Hauptdarsteller wirkte überrascht. Zum ersten Mal zeigte er eine emotionale Regung. Er schüttelte den Kopf. »Ich weiß nicht, was ich sagen soll.«

»Sag, dass du mich liebst!«, bat die Schauspielerin.

Er sah in die Kamera und grinste breit. »Nein, ehrlich, ziemlich peinlich, aber ich weiß wirklich nicht, was ich sagen soll. Text?«

»Verflixt!«, brüllte die Schauspielerin, warf frustriert die Hände in die Luft und stürmte davon. »Warum habt ihr mir nicht einen Affen als Partner gegeben!«

»Süße, ich glaube, das haben sie«, sagte Phoebe leise.

Oscar rief »Schnitt!« und ging zu der Hauptdarstellerin, während das Scriptgirl Freddy beiseite nahm, um noch einmal mit ihm den Text durchzugehen.

»Was ist das überhaupt für ein Unsinn?«, polterte die Schauspielerin, und Oscar wich zurück, um ihrem Ausbruch zu entgehen. Seine Miene blieb freundlich wie immer. »Die

Frauen verpflichten sich der Armee, um ihrem Land zu dienen und nicht etwa wegen solcher Trottel wie ihm!«

Schleppender Applaus von einem einzelnen Paar Hände ertönte. Alle drehten sich um, als ein unglaublich gut aussehender Mann mit teurem Anzug und Hut ins Licht trat und auf das Set zuging. Er wurde von einem halben Dutzend Männer begleitet, die weitaus weniger adrett aussahen.

Au Mann, dachte Phoebe, der Chloes plötzliche Anspannung nicht entgangen war. Ich habe das Gefühl, der Grund für die Probleme im Studio steht direkt vor mir!

»Das ist Ned Hawkins«, raunte Chloe ihr zu.

Phoebe nickte. Das Übel hatte also einen Namen. Sie musste Cole fragen, ob es auch einen Ruf hatte.

Paiges Doppelgängerin verschränkte die Arme vor der Brust, als Ned auf sie zukam. Die Crew wich auseinander, um ihn durchzulassen.

»Sie haben Recht«, sagte Ned. »Eine Frau wie Sie sollte nicht ihren hübschen Kopf anstrengen, um die Aufmerksamkeit eines solchen Deppen zu erlangen. Sie sollten jemandem wie mich für sich begeistern. Und das haben Sie auch getan.«

Die Schauspielerin straffte die Schultern. »Was wollen Sie?«

»Seien Sie doch nicht so! Ich weiß aus zuverlässiger Quelle, dass Sie, wenn Sie freundlicher zu mir wären, schon bald die Gelegenheit haben könnten, Ihren Namen von Penny Day in Lucky Day umzuändern ... denn für uns beide wäre das ein Glückstag, Schätzchen.«

»Haben Sie mich gerade Schätzchen genannt?«

»Habe ich. Es macht Spaß, Sie so erhitzt zu sehen, obwohl ich mir dazu ganz andere Szenarien vorstellen kann. Aber man nimmt, was man kriegen kann.«

»Sie kriegen gar nichts!« Die Schauspielerin machte auf dem Absatz kehrt und stürmte hinaus.

Er wollte ihr hinterherlaufen, aber Oscar stellte sich ihm in den Weg.

»Mr Hawkins«, sagte er barsch.

Der Neuankömmling lächelte. »Ned. Nennen Sie mich Ned. Ich möchte, dass sich alle, mit denen ich arbeite, wie eine Familie fühlen.«

»Mr Hawkins«, wiederholte Oscar, »dieses Studio ist Privateigentum. Das bedeutet, jedem ist der Zutritt verboten, den ich für einen Störfaktor halte!«

»Ich, ein Störfaktor? Auf keinen Fall.«

»Es ist die höflichste Bezeichnung, die mir für einen Rowdy wie Sie einfällt.«

Ned warf den Kopf in den Nacken und lachte. »Das ist Entertainment! Ich liebe die Leute im Showgeschäft!« Sein Lächeln erstarb. »Und jetzt gehen wir in Ihr Büro und reden übers Geschäft.«

»Ich mache keine Geschäfte mit Ihnen.«

»Ach, ich weiß nicht. Ich hörte, *Osiris* will sich vergrößern und international aktiv werden. Dann haben wir tatsächlich viel miteinander zu tun.«

»Das glaube ich nicht.«

Phoebe sah, wie Freddy sich davonschlich und die Treppe zu den Garderoben im zweiten Stock hochflitzte.

»In letzter Zeit ist es hier ja nicht so gut gelaufen«, sagte Ned. »Sie verlieren ständig Leute. Viele Unglücksfälle ...«

Plötzlich schrie jemand oben auf der Treppe. Phoebe fuhr herum und sah gerade noch, wie Freddy Hals über Kopf die Stufen herunterstürzte und vor der Treppe aufschlug. Er setzte sich auf und fasste sich ans Fußgelenk.

»Mein Bein! Mein Bein!«, heulte er. Mehrere Leute rannten zu ihm.

»Sehen Sie, was ich meine?«, fragte Ned. »Das ist doch wirklich Pech. Natürlich habe ich das Drehbuch gelesen, und ich kenne den Ablauf genau. Freddys Actionszenen haben Sie bereits gedreht. Bei seinen restlichen Szenen filmen Sie einfach nur den Oberkörper ... falls es nicht weitere unglückliche Zwischenfälle gibt. Das wäre wirklich ein Jammer, nicht wahr?«

»Dann wären wir am Ende.«

»In der Tat. Also reden wir, Oscar!«

Widerwillig rief Oscar eine Pause aus, um nebenan im Büro mit Ned und seinen Leuten zu sprechen.

Phoebe betrachtete Hawkins. War er vielleicht ein Schicksalsdämon? Es war möglich, immerhin hatte er blondes Haar und graublaue Augen, und gerade eben war Freddy die Treppe hinuntergefallen.

Und wenn das stimmte, war das ein weiteres Argument für Coles Theorie, dass Leo es gewesen war, der sie in diese Zeit und an diesen Ort geschickt hatte. Möglicherweise wurden die Zauberhaften gebraucht, und der Produzent und die Leute, die von ihm abhingen, waren die Unschuldigen, die sie retten sollten.

»Was ist?«, fragte Chloe, die Phoebes Beunruhigung spürte.

»Diese Typen«, sagte Phoebe. »Das sind keine Menschen.«

»Allerdings!«

Offenbar nahm Chloe an, Phoebe habe auf das rüpelhafte Verhalten von Hawkins und seinen Männern angespielt. Im Augenblick war es eigentlich auch besser, wenn sie Hawkins für einen der vielen Kriminellen hielt, die in die Filmbranche drängten. Für Chloe war es besser, wenn sie ihn nicht mit Dämonen in Zusammenhang brachte – falls sie das nicht schon längst getan hatte und aus diesem Grund auf der Suche nach Hexen war.

Phoebe war ziemlich sicher, dass Ned kein Mensch war. Ganz im Gegenteil: Angesichts Freddys Unfall – der sich wie aufs Stichwort ereignete, als hätte Ned ihn herbeigezaubert – hätte es sie sehr erstaunt, wenn er *kein* Dämon war.

Einer von Hawkins Schlägern kam Phoebe ein wenig zu nah, als er hinter seinem Boss herging, und streifte ihren Arm.

»Reg dich bloß nicht auf, einfach ganz natürlich bleiben!«, sagte er, amüsiert über ihre Verärgerung.

Phoebe beobachtete, wie die Kerle mit Oscar nach hinten verschwanden.

Natürlich? Die ganze Sache war kein bisschen natürlich. *Übernatürlich* höchstens.

Nur Chloe fiel auf, wie Penny Day Matthews leise auf den Ausgang am anderen Ende des Studios zuschlich. Rasch nahm sie Phoebe an die Hand, und die beiden schnitten Penny den Weg ab, als sie gerade zur Tür hinausschlüpfen wollte.

»Bitte, Sie wollen doch nicht auch noch gehen!«, sagte Chloe. »Wir werden einen Weg finden, wie wir mit Hawkins fertig werden, ich schwöre es!«

»Ich weiß, davon sind Sie überzeugt, meine Kleine«, sagte Penny, »aber ich bin mit Kerlen wie Ned aufgewachsen. Er weiß, was er will, und er akzeptiert kein Nein als Antwort. Weder von Osiris noch von mir. Ich will nicht, dass noch mehr Leute verletzt werden. Das ist der Job nicht wert, für keinen von uns, auch für Oscar nicht. Meine Koffer sind gepackt, ich habe sie schon seit zwei Tagen im Auto. Heute Abend bin ich bereits irgendwohin unterwegs, wo mich niemand findet, ein paar Monate lang jedenfalls. Wissen Sie, ich habe mich noch nicht einmal entschieden, wohin ich fahre.«

»Bitte, Penny«, bat Chloe. »Wenn der Film abgeblasen wird, ist Oscar ruiniert!«

»Tut mir Leid, meine Kleine. Ich habe Sie wirklich gern. Das hier war auch mein Traum, aber er ist geplatzt.«

Die Schauspielerin drehte sich um und verließ ohne ein weiteres Wort das Studio. Chloe sah Phoebe an. »Was tun wir denn jetzt? Sie muss hierbleiben, sonst gibt es keinen Film mehr!«

»Eigentlich finde ich, sie hat die richtige Entscheidung getroffen«, antwortete Phoebe. In ihrem Kopf ratterten bereits die Rädchen, und ihr kamen die ersten Ideen. »Und ich glaube nicht, dass es das Ende für Oscar und dieses Studio sein wird. Ich würde sogar sagen, es geht jetzt erst richtig los!«

6

Am Abend erzählte Phoebe ihren Schwestern alles, was sie im Filmstudio erlebt und in Erfahrung gebracht hatte.

»Das war's dann also?«, fragte Paige, die sich schon viel besser fühlte, wenngleich Phoebes Neuigkeiten sie leicht nervös gemacht hatten. »Ich habe die Chance, eine Vorfahrin persönlich kennen zu lernen, und sie hat sich aus dem Staub gemacht?«

»So kann man das sagen.« Phoebe strich Paige übers Haar. »Tut mir leid, Süße.«

»Hört sich so an, als gäbe es ernsthafte Schwierigkeiten bei *Osiris*«, sagte Piper und verschränkte die Arme vor der Brust. »Ich musste heute an der Theke arbeiten, und da habe ich gehört, dass das Studio in letzter Zeit regelrecht vom Pech verfolgt ist.«

»Ich denke, Oscar ist unser Unschuldiger«, entgegnete Phoebe. »Vielleicht sind wir deshalb hier. Ich habe mit Cole gesprochen, und er sagte, er will sehen, was er über diesen Hawkins herausfinden kann.«

»Hast du nicht gesagt, er sieht diesem Typen ähnlich, dem Cole begegnet ist, als wir gegen die Dämonen gekämpft haben?«, fragte Paige.

»Er hat jedenfalls die gleichen graublauen Augen. Und ich habe den Typen auch schon beim *Mirror* gesehen. Er war zusammen mit einem anderen Mann da, der auch solche Augen hatte. Ich glaube, die haben uns ausgetrickst.«

»Hmmm«, machte Paige. »Meinst du, *Osiris* wird von den Vorfahren der Kerle bedroht, die uns das Ganze eingebrockt haben?«

»Möglich. Vorfahren oder ... na ja, es sind Dämonen, und die können ziemlich alt sein und trotzdem gut aussehen. Wie Cole.«

Es klopfte laut und vernehmlich. Phoebe sah ihre Schwestern an, dann ging sie zur Tür und machte auf.

Cole kam hereingestolpert. Sein Gesicht war blutig und aufgeschlagen. Ohne zu zögern griff Phoebe ihm unter die Arme, damit er nicht stürzte. Sie führte ihn zu einem Stuhl, und er ächzte und japste vor Schmerzen, als er sich hinsetzte. Offenbar taten ihm sämtliche Knochen weh. Piper und Paige holten rasch den Erste-Hilfe-Koffer, den der Hotelarzt ihnen überlassen hatte.

»Was ist passiert?«, fragte Phoebe und war im selben Augenblick total wütend auf sich selbst. Obwohl sie sich größte Mühe gab, nichts mehr für Cole zu empfinden, war sie besorgt um ihn.

»Ich habe ein paar alte Kumpels besucht«, erklärte Cole und bekam einen Hustenanfall, der erst abklang, als Paige ihm ein Glas Wasser gebracht und er einen Schluck getrunken hatte. Piper öffnete den Erste-Hilfe-Koffer und fing an, Wattetupfer mit Jod zu beträufeln.

»Das wird wehtun«, warnte sie Cole.

»Ja, kein Problem«, entgegnete er, rutschte mit dem Stuhl ein Stück zurück und lehnte den Kopf an die Wand. Er schrie auf, als Piper die Kratzer und Schnitte in seinem Gesicht versorgte. Phoebe half ihm beim Ausziehen von Jacke und Hemd, und da er sich standhaft weigerte, den Hotelarzt kommen zu lassen, verband sie ihm selbst die geprellten Rippen.

»Wir wären hier rausgeflogen, wenn die mich in diesem Zustand gesehen hätten«, erklärte Cole einige Minuten später. »Und so schlimm ist es ja nicht. Ich bin zwar jetzt sterblich, aber ich kenne mich gut mit Verletzungen aus, mit leichten und schweren.«

Ja, dachte Phoebe, als du ein Dämon warst, hast du anderen Unmengen davon zugefügt, nicht wahr?

»Ein paar alte Kumpels«, wiederholte Piper, um Cole auf die Sprünge zu helfen.

»Richtig«, flüsterte er und stöhnte leise, als er sich aufrichtete. »Ich kann nur sagen, früher hatten die Dämonen mal Angst vor mir. Jetzt anscheinend nicht mehr.«

»Das hast du gemerkt, als sie dich windelweich geprügelt haben, hm?«, fragte Phoebe.

»So ungefähr. Aber ich habe ein paar Informationen an Land gezogen, bevor sie drauf gekommen sind, dass ich sie nicht mehr wie früher mit einer bloßen Handbewegung über dem offenen Feuer grillen kann. Und während ich verprügelt wurde, habe ich auch so einiges gehört. Ziemlich viel sogar.«

»Es muss eine einfachere Methode geben, wie wir an Informationen gelangen können«, meinte Phoebe und überraschte sogar sich selbst mit diesen tröstenden Worten an Coles Adresse.

Cole runzelte die Stirn. »Ich muss zugeben, es wäre nett, wenn wir das nützliche, praktische *Buch der Schatten* dahätten. Dann könnten wir nachschlagen, mit wem wir es überhaupt zu tun haben. Leider besteht die Ermittlungsarbeit im Allgemeinen zu neun Zehnteln aus Lauferei – oder wie ich es gerade erlebt habe, aus Schlägerei, und ...«

»Ich dachte, Besessenheit macht neun Zehntel der Ermittlungsarbeit aus«, sagte Paige interessiert.

»Ja, dämonische Besessenheit«, bemerkte Phoebe und wollte damit überspielen, dass es ihr nicht gelang, emotionalen Abstand zu Cole zu halten.

Cole schüttelte den Kopf. »Ein weit verbreiteter Irrtum. Das Entscheidende ist jedenfalls, dass ich Entscheidendes über diese Kerle *weiß*. Wollt ihr es hören?«

Sie halfen ihm auf die Beine, und Cole zog langsam Hemd und Jacke an, während er sprach. »Also, es läuft im Grunde darauf hinaus, dass man, egal wo man hingeht, überall das Gleiche vorfindet – oder fast das Gleiche zumindest. Da ist zum einen die menschliche Unterwelt: Killer, Erpresser, organisiertes Verbrechen und so weiter. Und dann gibt es die dämonische Unterwelt: Ausweitung der Macht des Bösen, interne Machtkämpfe, Korruption und Zerstörung des Guten, bla bla bla. Genau wie zu unserer Zeit gibt es auch im Jahre 1942 Überschneidungen zwischen den beiden Unterwelten. Manche Dämonen versuchen, ihre Ziele zu erreichen, indem sie sich von Menschen erdachte Mechanismen zu Nutze machen.«

»Sie geben sich zum Beispiel als Anwälte aus«, bemerkte Phoebe spitz.

»Hey, ich habe immerhin die Prüfung für die Zulassung abgelegt«, entgegnete Cole gereizt. »Ich habe mir die Urkunde nicht herbeigezaubert und einfach so an die Wand gehängt.«

»Kinder ...«, mahnte Piper.

»Also gut«, lenkte Cole ein. »Die Überschneidung. Menschliche Gangster und dämonische Oberherren gehen Partnerschaften ein, weil sie gemeinsame Interessen haben. Vereinzelt gibt es Menschen, die nach übernatürlicher Macht streben, aber in der Regel ist es umgekehrt. Hawkins und seine Leute zum Beispiel sind nicht von hier. Sie kommen aus einer bestimmten Sphäre einer Dämonendimension, in der das Leben streng reglementiert ist. So streng, dass es extrem vorhersagbar wird. Machen wir einen Sprung um ein paar Millionen Jahre vorwärts. Nun sind sie so weit gekommen, dass jeder normalerweise schon im Voraus ganz genau weiß, was zu einem bestimmten Zeitpunkt in einer bestimmten Situation passieren wird. Sie haben sich weiterentwickelt. Mit Hilfe dieser Fähigkeit sichern sie Ihren Fortbestand.«

»Also haben sie einen sechsten Sinn«, sagte Paige.

»Ja, den haben sie. Aber es ist ein ungleicher Kampf, den die Dämonen untereinander um Wohlstand, Macht, Ruhm, Frauen und was auch immer führen, denn einige haben es besser drauf als andere. Und manche viel besser. Hawkins und seine Leute sind in Sachen Vorahnung besonders gut, und sie können noch etwas anderes. Sie treiben die Dinge an und üben auch physisch Einfluss auf Menschen und Ereignisse aus.«

»Dann können sie also zaubern«, sagte Piper lapidar.

Coles Gesicht verfinsterte sich. »Ich versuche euch klarzumachen, dass sie gefährlich sind. In neun von zehn Fällen kriegen sie, was sie wollen.«

»Prima«, schaltete Phoebe sich ein. »Und was wollen sie jetzt? Warum bedrängen sie Oscar und sein Studio?«

»Gute Frage. Ich weiß lediglich, dass Hawkins und seine Leute etwas Großes im Schilde führen. Etwas viel Größeres als eine einfache Erpressung oder die Suche nach einer ordentlichen Firma als Geldwaschanlage. Ich hörte, wie einer der Dämonen von ›Objekten der Macht‹ sprach, und der Art nach zu urteilen, wie er darüber sprach, ging es dabei nicht um irgendwelchen Kleinkram.«

»Wir hatten schon öfter mit magischem Klimbim zu tun«, bemerkte Phoebe und winkte ab. »Ich bitte dich!« Sie verdrehte die Augen.

Aber so einfach ließ Cole sich nicht von diesem Thema abbringen. »Die meisten Leute wollen es gar nicht wissen, aber es gibt Dinge, zum Beispiel ein paar Schwerter, einen Dolch, einige hübsche Amulette und Armbänder – Schmuck ist aus irgendeinem Grund immer bedeutsam –, mit denen kann man, in welcher Form auch immer, Welten öffnen und das Schicksal beeinflussen. Ich glaube, die Kerle haben diese Gegenstände irgendwie in die Hände bekommen und wollen jetzt das ganz große Ding drehen.«

»Also brauchen sie *Osiris* für das, was sie planen?«, fragte Paige.

»Das vermute ich«, entgegnete Cole. »Wir müssen jemanden einschleusen, der ganz dicht an Hawkins herankommt und ihn dazu bringt, ein paar Einzelheiten auszuplaudern.«

Bei diesen Worten sah Cole Paige an. Phoebes Blick wanderte ebenfalls in Paiges Richtung. Endlich waren sie wieder mal einer Meinung.

»Hoppla, Moment mal!«, protestierte Paige. »Ich? Ich soll euch die Undercover-Schwester machen?«

Piper gefiel die Sache auch nicht. »Du hast doch gesagt, diese Kerle wissen alles und sehen alles!«

»Keine Sorge!«, sagte Cole. »Sie haben zwar diese besondere Fähigkeit, aber sie sind außerdem sehr arrogant. Es gibt zwei Möglichkeiten: Entweder will Hawkins um jeden Preis erreichen, dass Penny sich in ihn verliebt, und er zweifelt nicht im Geringsten an seinem Erfolg – egal, was ihm sein Instinkt sagt –, oder er hat schon eine Ahnung, dass es passieren wird und sieht deshalb nicht so genau hin. Und den Grund, warum er glauben wird, dass es zwischen ihm und Penny klappt, wird Paige liefern, indem sie an Pennys Stelle mitspielt. Also hat er einerseits Recht, und andererseits liegt er falsch. Das macht ihn, weil er es nicht erkennt, verwundbar – was wiederum gut für uns ist.«

Phoebe nickte. »Ich habe schon mit Chloe gesprochen. Sie will uns helfen.«

»Ich weiß nicht ...« Paige stöhnte.

»Es sind Unschuldige betroffen«, sagte Phoebe. »Wir dürfen nicht einfach wegsehen.«

»Na gut«, willigte Paige schließlich ein. »Aber nur, wenn ich nicht singen muss. Ich habe ... schlechte Erfahrungen damit gemacht.«

»Mich hätte es kürzlich auch fast erwischt«, bemerkte Piper und dachte an Leos Idee, sie an dem Open-Mike-Abend auf die Bühne zu schicken.

»Wie erklären wir ihm das mit Pennys Wohnung?«, fragte Paige.

Piper zuckte mit den Schultern. »Kein Problem. Lass dich einfach ab und zu mal da sehen.«

»Ich habe doch gar keinen Schlüssel.«

»Da kann Chloe helfen. Sie hat ein paar Mal in der Wohnung nach dem Rechten gesehen, als Penny in New York zu Vorsprechproben am Broadway war.«

»Okay«, sagte Paige und breitete die Arme aus. »Ich werde ein Star!«

Alle im Studio machten viel Wirbel um Paige, als sie am nächsten Tag zur Arbeit kam. Warum auch nicht? Sie hielten sie schließlich für Penny Day Matthews. Die Ähnlichkeit war geradezu unheimlich. Sogar ihre Stimmen klangen gleich.

Penny hatte schon seit Wochen mit diesen Leuten gearbeitet und bereits zehn der zwanzig vom Studio für den Film angesetzten Drehtage absolviert.

Paige wurde eilends in die Maske gebracht, und Chloe wich nicht von ihrer Seite. Paige hatte das große Flattern, denn es standen ihr gleich zwei Herausforderungen bevor. Erstens einmal musste sie sich an ihren Text erinnern – was aber nicht so schwierig war. Sie hatte monatelang fleißig Zauberformeln auswendig gelernt, da stellte der Dialog, so albern er auch war, keine große Schwierigkeit dar, zumindest im Vergleich. Und zur Not musste die Szene eben so oft wiederholt werden, bis alles stimmte. Schlimmstenfalls konnte man ihr sogar Stichwort-Karten hinhalten!

Bei Zauberformeln war das anders. Ein falsches Wort in einem magischen Gefecht und man endete als Verlierer statt als Gewinner.

Eigentlich war es eher die zweite Aufgabe, die Paige Sorgen bereitete. Penny hatte nicht nur zu den anderen Schauspielern, sondern auch zu den Crewmitgliedern Beziehungen aufgebaut. Paige jedoch kannte diese Leute gar nicht. Chloe hatte sie bestmöglich ins Bild gesetzt, aber es waren einfach zu viele Informationen, und Paige konnte sich unmöglich alles merken. Sie musste sich einfach selbst einen Eindruck von diesen Menschen machen und ganz neue Beziehungen zu ihnen aufbauen.

Als erste Amtshandlung berief Paige Chloe zu ihrer persönlichen Assistentin. Oscar hatte keine Einwände: Soweit er wusste, hätte sich ohne Chloes Eingreifen sein Star aus dem Staub gemacht und die Produktion wäre am Ende gewesen. Und mit dieser Einschätzung hatte er Recht, obwohl er nicht mit allen Einzelheiten der Geschichte vertraut war. Je weniger Leute von dem Austausch wussten, umso besser.

Also war es Chloes Aufgabe, sich jedes Mal einzuschalten, wenn Paige von jemandem angesprochen wurde – mit »Penny« natürlich.

»Penny, kannst du dir eine Viertelstunde für ein Gespräch mit einem Reporter vom *Chronicle* freischaufeln?«

»Mensch, *Roger*«, rief Chloe, »das ist ja aufregend! Roger leistet wirklich hervorragende Arbeit als *Pressesprecher*, nicht wahr, Penny?«

»Wirklich, Roger!«, sagte Paige. »Vielen Dank!«

In der Zwischenzeit suchte sie fieberhaft nach einer Eselsbrücke: Roger, Roger, reimt sich auf ... jetzt weiß ich's, Dodger! Roger Dodger, das passt zu ihm, denn er ist schnell von Begriff und hat auf alles eine Antwort.

Schon kam die Nächste herein.

»Penny, Darling, hier sind die Seiten für heute!«

»Oh, *Lucy*, du bist wirklich die Beste!«, sagte Chloe. »Es gibt kein besseres Scriptgirl als dich!«

»Danke, Lucy!«, sagte Paige und nahm die Seiten mit den umgeschriebenen Dialogen.

Lucy ... Lucy ... Lucy Goosey? *Lucy in the Sky with Diamonds?*, überlegte sie. Wie soll ich mir nur die vielen Leute merken! Im Verlauf des Tages klappte es immer besser. Manchmal kamen ihr die Eselsbrücken zugute, zum Beispiel im Fall von Freddy, dem männlichen Hauptdarsteller. Was für ein Aufschneider!

Ready Freddy!, dachte sie. Wer hätte gedacht, dass man so viel Ego in einen so kleinen Körper hineinquetschen kann!

Seine Dialogbeiträge waren gekünstelt und affektiert. Zwischendurch schimpfte er immer wieder über Kleinigkeiten, die am Set schief gingen.

Dennoch war er immer und zu allem bereit ... bereit für einen bissigen Kommentar, für eine Beschwerde; bereit, Paige nachzustellen und ihr den Rock hochzuziehen – trotz Krücken und Gipsbein.

Paige erlebte an diesem Tag zwei große Augenblicke der Wahrheit, den ersten gleich bei der ersten Szene, die viel besser als erwartet über die Bühne ging. Paige spielte eine junge Frau, die von einer Verabredung mit ihrem Freund nach Hause kam und ihre Eltern stumm und betroffen vor dem großen

Radio sitzend vorfand. Der Sprecher beschrieb den Angriff auf Pearl Harbor und informierte die Zuhörer, dass die Vereinigten Staaten sich nun offiziell im Kriegszustand befanden.

Um die für diese Szene nötige Bestürzung wachzurufen, musste Paige nur an den Tag denken, an dem sie nach dem Autounfall, bei dem ihre Eltern umgekommen waren, im Krankenhaus wach wurde und begriff, dass sie nun keine Gelegenheit mehr haben würde, sich mit ihnen zu versöhnen. Eine Reise in die eigene Vergangenheit hatte ihr später geholfen, ihre inneren Dämonen zu beschwichtigen, obwohl sie trotz aller Bemühungen ihre Eltern nicht hatte retten können. Die Zeit hatte einen Weg gefunden, sich nicht von ihrem Lauf abbringen zu lassen, und der Todesengel ließ sich nicht verleugnen.

An diese Dinge zu denken und all diese Gefühle noch einmal heraufzubeschwören empfand Paige seltsamerweise eher als spirituelle Reinigung denn als Tortur, und alle am Set waren sprachlos gewesen vor Begeisterung über ihre Darbietung.

Die zweite, viel schwierigere Herausforderung kam, als Ned kurz nach der Mittagspause am Set auftauchte.

Böse oder nicht, er war auf jeden Fall ein scharfer Braten, und das erleichterte Paige die Annäherung.

Ned sah sie komisch an, und seine raue Art fiel sofort von ihm ab. »Sie wirken verändert.«

Merkte er, dass sie nicht Penny war? Paige beschloss, sich nicht verrückt zu machen. »Weil ich nachgedacht habe.«

»Worüber?«

»Über uns.«

Er lächelte, dann zwang er sich, rasch wieder unbeteiligt dreinzublicken. »Ich wusste nicht, dass es überhaupt ein ›uns‹ gibt.«

Paige zuckte mit den Schultern. »Tja, wenn Sie nicht interessiert sind …« Sie machte auf dem Absatz kehrt und rauschte hinaus.

»Moment, Moment!«, rief Ned ihr hinterher und vergaß

seine coole Fassade vollkommen, als er hinter ihr herrannte und ihr den Weg abschnitt. »Das habe ich nicht gesagt. Es kommt nur ... überraschend.«

»Sie haben wohl nicht erwartet, dass ich mich so schnell besinne, was?«

»Ich weiß nicht. Tun Sie das denn?«

Paige wurde ruhiger; sie hatte die Situation unter Kontrolle. »Könnte sein. Wenn Sie es geschickt anstellen.«

Erkenntnis glomm in seinen graublauen Augen auf. »Okay, Sie sind auf einen Deal aus.«

»Sind Sie dafür offen?«

Er lächelte. »Vielleicht.«

»Dann reden wir Klartext. Ich werde mit Ihnen ausgehen. Wir verabreden uns. Nicht mehr und nicht weniger. Ich werde nicht Ihre Freundin oder Geliebte oder was auch immer. Wenn wir zusammen ausgehen, benehmen Sie sich wie ein Gentleman. Wenn Sie mich angrapschen, werden Sie es bereuen. Erwarten Sie nichts, und Sie werden nicht enttäuscht. Sie bekommen meine Gesellschaft und meine Aufmerksamkeit, und ich gebe Ihnen vielleicht sogar eine faire Chance, das ziemlich negative Bild zu verändern, das ich von Ihnen habe. Aber mehr bekommen Sie nicht.«

»Klingt gut. Was bekommen Sie dafür?«

»Sie lassen es mit Oscar und dem Studio ruhig angehen. Keine Unfälle mehr. Keine Drohungen. Was immer Sie haben wollen, Sie werden Ihr Angebot wie ein Geschäftsmann unterbreiten, und wenn Oscar Nein sagt, dann war's das. Kein Nachspiel. Keine Repressalien.«

Ned grinste. »Sind Sie fertig?«

Sie nickte – und er fing an zu lachen!

»Was?«, fragte sie leicht verärgert.

»Sie sollten in meinem Team für Kapitalanlagen arbeiten«, sagte er. »Sie sind taffer als Barrish, und der hat mich immerhin reich gemacht!«

»Sie und Barrish stehen sich sehr nahe«, stellte sie fest, um ihn unauffällig auszuhorchen.

»Er ist mein engster Vertrauter. Eigentlich ist er wie ein Vater für mich.«

»Und was hält der Herr Papa von mir?«, fragte Paige.

»Er findet Sie zu anstrengend und meint, ich sollte mich nicht derart ablenken lassen.«

»Da hat er Recht.«

»Als wüsste ich das nicht. Aber manche Dinge sind einfach vorherbestimmt, glaube ich.«

Paige lächelte. »Das werden wir herausfinden.«

Es war in mehrfacher Hinsicht eine nützliche Sache, Zeit mit Ned zu verbringen. Für diejenigen, die Penny kannten, war es eine plausible Erklärungsmöglichkeit, falls sie verändert wirkte, zerstreut oder besorgt, und falls sie Fehler machte.

Und wenn Cole Recht hatte und diese Kerle tatsächlich mit gestohlenen magischen Artefakten handelten, dann war sie mit dem Kontakt zu Ned auf der richtigen Fährte und der Heimreise ein gutes Stück näher.

Natürlich war da noch das Problem mit den Kerlen, die ständig um ihn herumliefen. Sie waren allesamt reichlich verkniffen, sogar für Dämonen.

Vielleicht konnte sie die Jungs bei Gelegenheit für eine Runde »Wahrheit oder Pflicht« begeistern. Das lockerte die Stimmung meistens ziemlich auf ...

»Also dann«, sagte Ned. »Abendessen?«

»Ja, für den Anfang. Holen Sie mich hier um acht Uhr ab.«

»Wird gemacht.« Ned drehte sich um und streifte ihre Hand mit den Fingern. Paige hatte fast den Eindruck, es flögen Funken, und ihr kam zum ersten Mal die Befürchtung, dass dieser Typ sie tatsächlich in seinen Bahn ziehen könnte, wenn sie nicht aufpasste.

7

Als Paige Neds Einladung zum Essen annahm, hatte sie sich gefragt, wie sie diese Tortur überleben sollte. Aber inzwischen empfand sie seine Gesellschaft sogar als recht angenehm. Sie kamen sich näher.

Weil sie eine Schwäche für böse Jungs hatte? Oder steckte mehr dahinter?

Ned hatte Paige ins *Romanoff's* auf dem Rodeo Drive ausgeführt. Die französische Küche des Lokals war die beste in der Stadt, und die Berühmtheiten, die vor dem Essen Schlange stehen mussten, fanden sich bereitwillig mit der ständigen Flut von Beleidigungen durch den Besitzer und mit den schmatzenden Bulldoggen ab, die mit ihm am Tisch aßen. Groucho Marx saß mit Louis B. Mayer an einem Tisch, Billy Wilder und Alfred Hitchcock an einem anderen. Eine Bronzeplakette mit dem eingravierten Schriftzug »Humphrey Bogart«, hing über einer Nische. Wie Paige erfuhr, kam Bogie jeden Tag zum Essen in dieses Lokal, wenn er nicht gerade irgendwo drehte.

»Ich liebe die Geschichten, die sich um diesen Laden ranken«, erklärte Ned. »Hast du den Artikel in *Life* gelesen?«

Paige schüttelte den Kopf.

»Gut, dann erzähle ich dir mal was. Siehst du den Typen dahinten mit den Bulldoggen? Er wird Prinz Mike genannt. Das ist die Abkürzung für Prinz Michael Romanoff; er ist ein Cousin des letzten russischen Zaren.«

»Beeindruckend.«

»Das wäre es, wenn es tatsächlich stimmen würde. In Wahrheit ist er ein litauischer Immigrant namens Harry Gerguson. Unglaublich, er kommt mit seinen Alte-Welt-Manieren und seinem Oxford-Akzent hierher und gibt sich einfach als Adeliger aus. Und schon wird er auf die feinsten Partys eingeladen, ist bei den größten Polo-Turnieren dabei, und die Filmstudios bezahlen ihn als Experten für alles, was in Russland spielt.«

Paige schüttelte verwundert den Kopf. »Und niemand stellt Nachforschungen über ihn an?«

»Oh, doch. Aber alle mögen ihn, verstehst du? Er hat reichlich Chuzpe. Also lässt man ihn gewähren. Er hat vor einem Jahr beschlossen, dieses Lokal zu eröffnen, und Jack Warner, Cary Grant, Darryl Zanuck und solche Leute haben dafür zusammengelegt. Letzten Monat hat er sie alle ausgezahlt.«

»Und das gefällt den Leuten?«

»Das ist Amerika«, sagte er. »Du bist das, was du vorgibst zu sein. Und Hollywood ... hier werden Träume wahr. Es ist einfach perfekt!«

»Was für Träume hast du denn?«, fragte Paige.

»Das darf ich dir nicht sagen. Banzaf – Barrish«, korrigierte er sich rasch, »würde mich dafür umbringen!«

Paige bemerkte, wie er sie studierte, um herauszufinden, ob ihr sein kleiner Ausrutscher aufgefallen war. Sie schlug die Augen nieder und wechselte das Thema. »Ich habe mein ganzes Leben lang davon geträumt, berühmt zu werden.« Sie sah ihn an. »Zu meinen Bedingungen. Verstehst du? Ohne jemandem verpflichtet zu sein.«

»Dagegen ist nichts einzuwenden«, sagte er, und die Anspannung verflog wieder. Er schien zufrieden, weil sie überhaupt nicht auf sein Missgeschick mit dem Namen seines Mentors reagiert hatte. Aber Paige wusste sehr wohl, dass manche Dämonen außer ihrem Decknamen noch einen »richtigen« Namen hatten. Wenn man ihn kannte, hatte man Macht über sie.

»Bist du hier aufgewachsen?«, fragte Paige.

»Nein, ich komme aus Grosse Point, das ist bei Chicago. Mein Vater hatte einen Klub, und ich habe mir nach dem Crash 1929 als Caddie mein Geld verdient und die Kegel auf der Bowlingbahn wieder aufgestellt. Dann bin ich ein paar Jahre lang mit der Bahn durchs Land gegondelt – schwarz natürlich, dabei wurde ich sogar einmal in einem Kühlwagen eingeschlossen! Was ich jedoch immer im Herzen trug, war dieser Klub, und die Entertainer, die ihn besuchten. Fatty Arbuckle und solche Typen.«

Paige lächelte. Wenn Ned sich begeisterte, kam sein Chicagoer Akzent durch, den er sonst sorgfältig verbarg.

»Was machst du denn überhaupt genau?«, fragte Paige in aller Unschuld.

Ned faltete seine kräftigen Hände und verzog die Lippen zu einem Beinahe-Lächeln. »Ich bin so etwas wie ein Architekt. Statt Gebäude und so weiter zu planen, entwerfe ich Umstände und Möglichkeiten, um Potenzial zu schaffen. Ich studiere die Wahrscheinlichkeit. Ich mache Dinge möglich.«

Er machte eine Geste und die Lampen gingen aus. Gemurmel erhob sich im Saal.

»Was ist passiert?«, fragte Paige.

»Keine Ahnung. Ein Kurzschluss oder so. Pech, aber so ist es eigentlich viel romantischer.«

Ein Kellner kam an den Tisch und zündete die Kerzen an.

»Allerdings«, pflichtete Paige ihm bei.

Er ist wirklich charmant, dachte sie, das muss man ihm lassen.

Unter Umständen war vielleicht – ganz vielleicht –, ein Gute-Nacht-Kuss drin.

Eventuell.

Wenn es sein musste.

Ja, das wäre wirklich die reinste Folter!, sagte sie ironisch zu sich selbst.

»Warum bist du denn nicht Schauspieler geworden?«, fragte sie Ned. »Du siehst doch wirklich gut aus.«

Sie errötete angesichts ihrer impulsiven Äußerung. Fing dieser Mann an, sie zu verzaubern? Hatte er sie bereits in seinen Bann gezogen? War da etwas zwischen ihnen?

»Auf diesem Gebiet habe ich nicht das geringste Talent«, erklärte Ned mit gespielter Bescheidenheit, die ihm gar nicht gut stand.

Wie Paige vermutete, schauspielerte er die ganze Zeit. Das musste er, wenn er sich so gewandt in die menschliche

Gesellschaft einfügte. Offenbar bemerkte er ihren Verdruss, denn er fügte rasch hinzu: »Es hat mich gelockt, aber es wäre einfach nicht vernünftig gewesen. Ich bin in erster Linie ein Geschäftsmann. Wenn man Erfolg haben will, muss man sich auf eine Sache konzentrieren und sie durchziehen. Was habe ich neulich noch gelesen? Ach ja: ›Lebe im Hier und Jetzt!‹ Widme dem, was du vor dir hast, deine ganze Aufmerksamkeit.«

Er setzte sich bequem hin, legte die Hände auf den Tisch und verschränkte leicht die Finger. Dabei schien er darauf zu achten, dass die Daumen zu sehen waren. Merkwürdig.

Ned bemerkte ihren Blick. »Das hat mir Barrish beigebracht, mein Berater. Wenn man die Daumen versteckt, halten einen die Leute nicht für vertrauenswürdig. Wenn man sie zeigt, entspannen sie sich. Ich weiß nicht warum.«

»Wahrscheinlich ein nützlicher Geschäftstrick«, sagte Paige, der plötzlich bewusst wurde, dass sie selbst die Arme vor der Brust verschränkt hatte und ihre Daumen versteckte. Sie entspannte sich und legte die Hände auf den Tisch. Schließlich wollte sie nicht auf Konfrontationskurs gehen. Sie musste mehr darüber erfahren, mit wem sie und ihre Schwestern es zu tun hatten, und versuchen, den Feind aus der Deckung zu locken.

»Um so etwas muss ich selbst mir keine Gedanken machen. Die meisten Leute sind für mich ziemlich durchschaubar.«

»Ganz schön selbstsicher, was?«, fragte Paige.

Neds Lächeln war filmreif, ohne Zweifel. »Die meisten Frauen finden Selbstbewusstsein attraktiv. Du nicht?«

Paige legte neckisch den Kopf schräg. »Die Frage, die du dir stellen solltest, ist folgende: Sieht sie so aus als wäre sie wie die meisten Frauen?«

Er lachte herzlich und ungekünstelt, und seine kühle, beherrschte Fassade war augenblicklich verschwunden.

»Ich mag dich, Penny. Wir werden uns gut verstehen, das spüre ich.«

»Tust du das?«, säuselte Paige. Dabei schaffte sie es, gelassen und zugleich interessiert zu klingen, ein Trick, den sie in ihrer Freizeit geübt hatte. Die Sache mit Ned war nicht annähernd so schwierig, wie sie gedacht hatte. Sie musste sogar aufpassen, dass sie sich nicht zu gut mit ihm amüsierte. Es gab schon eine Zauberhafte, die in einen Dämon verliebt war – das genügte vollauf.

Phoebe zog sich ihre modernen Klamotten über, ein Luxus, den sie sich nur hinter sicher verschlossenen Türen erlauben konnte; in ihrem Hotelzimmer, das sie mit Piper und Paige teilte. Da sie zu dritt waren, musste eine von ihnen auf dem Boden schlafen – und zwar Paige, weil sie immer spät von ihren Verabredungen mit dem Dämon zurückkehrte.

Cole hatte Phoebe natürlich galant angeboten, sie könne auch in dem zweiten Bett in seinem Zimmer schlafen. »Keine faulen Tricks, versprochen!«, hatte er gebetsmühlenartig wiederholt, dazu betonte er ein paarmal: »Hey, du hast doch deine Kräfte noch, du könntest mich fertig machen, wenn ich was versuche!« Phoebe war ziemlich sicher, dass sie Cole auch ohne magische Kräfte fertig machen konnte, aber sie beschloss, ihrem grinsenden Ex-Mann die Illusion nicht zu rauben. Sie wollte sich erst gar nicht auf dieses Niveau herablassen.

Und so hatte sie, was garstige Bemerkungen anging, noch einen Trumpf in der Hinterhand, und das war ja auch nicht verkehrt.

Unvermittelt spürte sie einen kalten Luftzug.

Als sie sich umdrehte, stellte sie fest, dass sie das Fenster und die Vorhänge offen gelassen hatte. Na, super! Nun hatte sie vermutlich die halbe Nachbarschaft in diesem Aufzug gesehen. Und, ähm, beim Umziehen ...

Es klopfte laut an der Tür. Dreimal.

Phoebe runzelte die Stirn. Es hatte fast wie ein Zeichen geklungen. Dreimal, die Macht der Drei ... aber sie hatte überhaupt kein Klopfzeichen mit ihren Schwestern vereinbart. Piper musste noch gut eine Stunde arbeiten, und Paige kam nur so früh nach Hause, wenn mit ihrem dämonenhaften Romeo etwas schief gelaufen war.

Phoebe sah an sich herunter. Es war ein *sehr* schönes Gefühl, die weiche Unterwäsche aus dem einundzwanzigsten Jahrhundert auf der Haut zu spüren – eine vorübergehende Erlösung von dem schrecklichen Mieder à la Eiserne Jungfrau, das sie tragen musste – und etwas Luft an ihren hübsch gebräunten, flachen Bauch zu lassen.

Piper und Paige hatten Schlüssel, also konnte es nur Cole sein oder vielleicht jemand vom Hotelpersonal.

Es klopfte wieder. Energischer diesmal. Phoebe zog die Stirn kraus. Wenn es der walrossartige Mr Peters war, der sich über den Lärm beschweren oder höflich um eine weitere Mietvorauszahlung bitten wollte? Am vergangenen Abend war es ziemlich spät geworden. Phoebe hatte bei lauter Radiomusik wie eine Verrückte getanzt und die neusten Swingvarianten geübt, die ihr die Kollegen vom Filmstudio beigebracht hatten.

Ich will nicht aufmachen, verschwinde!, dachte Phoebe, aber da sie keine fünf mehr war, sagte sie es nicht laut.

Es war nichts mehr zu hören.

»Gut«, flüsterte Phoebe.

Plötzlich erschien ein feuriges Leuchten auf der Tür, und die Worte KEINE PANIK! brannten sich ins Holz. Dann *schmolz* eine Frau in einem wallenden schwarzen Abendkleid durch die Tür! Ihre pechschwarzen Haare flatterten im Sog der magischen Energien, die sie heraufbeschwor. Sie war überwältigend – aber das war das Böse leider oft.

»Au Mann!«, schrie Phoebe, wich stolpernd zurück und überlegte, wo es in diesem ganzen Durcheinander noch ein freies Plätzchen für einen ordentlichen Kampf gab.

Der Blick der Frau war geduldig und freundlich und stand im krassen Gegensatz zu ihrem aufregenden, sexy Erscheinungsbild. Wespentaille, ewig lange Beine, langes schwarzes

Haar wie eine Ägypterin ... ihr ganzes Aussehen schien förmlich »Wesen der Nacht!« zu schreien. Dennoch war die Frau ihrer Aura nach eine gute Seele.

Der ungebetene Gast hob beschwichtigend die Hände. »Ich sagte doch, keine Panik! Entspann dich, Phoebe, Chloe hat mich geschickt. Ich gehöre zu den Guten. Ich bin eine Hexe, wie du.«

Phoebe entspannte sich, aber nur ein wenig. »Du bist eine Hexe«, wiederholte sie zögernd.

Theda lachte. »Man hat mir schon Schlimmeres hinterhergerufen.«

»Nein, ich meine, wie ...«, Phoebe hielt inne. Eigentlich hatte sie »wie ich« sagen wollen.

Die Frau zeigte sich belustigt. »Ich verstehe, warum du nicht verraten willst, wer und was du bist. Ich muss allerdings gestehen, dass ich Chloe dein Geheimnis offenbart habe. Sie hatte es sowieso fast schon erraten.«

»Dass ich eine Hexe bin?«, fragte Phoebe, ohne es eindeutig zuzugeben.

»Du bist nicht nur eine Hexe. Du bist eine von den Zauberhaften. Ich kann es deutlich spüren, dazu reichen meine Kräfte aus. Mein Ziel ist es, anderen zu helfen, in dieser Hinsicht ähneln wir uns also sehr. Du kannst mir vertrauen, Ehrenwort!«

Phoebe nickte. Mittlerweile hatte sie sich von dem Schreck erholt. »Also, ich muss schon sagen, du hast einen coolen Geschmack, was Mode angeht!«

Die Frau hob eine Hand, legte den Kopf in den Nacken und machte eine Drehung um die eigene Achse, um Phoebe den skandalösen Rückenausschnitt ihres Kleides zu präsentieren, der jede Menge nackte Haut offenbarte. Sie war sehr, sehr blass.

»Ich heiße Theda McFey. Ich bin Schauspielerin. Zumindest ist das mein Job.«

»Oh, ich bin Kolumnistin.«

Theda wich zurück und hob in gespielter Besorgnis die

Hände. »Nicht so eine wie diese böse Hedda Hopper, hoffe ich!«

»Hedda wer?«

Theda ließ die Hände fallen. »Sie ist eine Klatschkolumnistin. Du hättest sie und Joan Fontaine beim *Brown Derby* sehen sollen. Und kurz darauf bekam Fontaine den Oscar als beste Schauspielerin, übrigens für den Hitchcock-Film *Suspicion*. Apropos – wenn du mich verdächtig findest, kann ich das gut verstehen. Die örtlichen Käseblätter nennen mich ›den Vampir‹, und ich habe festgestellt, dass dieses Image mir tatsächlich Türen öffnet. Ich reise morgen ab, um in einem Monumentalfilm die Rolle der Kleopatra zu spielen. Eigentlich nichts Neues, mir liegen die Männer schon mein Leben lang zu Füßen.«

»Darauf wette ich«, entgegnete Phoebe.

Theda deutete mit einem Nicken auf Phoebes Outfit. »Das tragen also modische Hexen im nächsten Jahrhundert?«

»Moment mal«, sagte Phoebe argwöhnisch. »Wie meinst du das, im nächsten Jahrhundert?«

Theda wedelte mit der Hand. Ihre mit Smaragden verzierten Armreifen klirrten, und aus dem Nichts tauchte ein Bündel kleiner Schriftrollen auf, die auf Phoebes nicht gemachtes Bett fielen.

»Wie ich schon sagte, ich kann bestimmte Dinge spüren«, erklärte Theda ruhig. »Ich bin keine Bedrohung, Phoebe. Du suchst jemanden, der euch hilft, und hier bin ich!«

Phoebe runzelte die Stirn. Sie hätte Theda gern vertraut, aber es gab viele weibliche magische Wesen, die keine Hexen waren. Wenn sie nur sicher sein könnte …

Theda lächelte. »Wenn du dich gerade fragst, woher ich das alles über dich weiß – ich habe es mit Hilfe einiger simpler Zauberformeln erfahren. Formeln wie sie auf diesen Schriftrollen stehen, die ich dir gern überlassen möchte.«

Phoebe sank auf ihr Bett, und Theda setzte sich neben sie, hielt jedoch einen angemessenen Abstand.

»Diesmal kann uns das *Buch der Schatten* nicht helfen«,

murmelte Phoebe, öffnete einige der Schriftrollen und las die Überschriften der Beschwörungsformeln, die in zierlichen Buchstaben darauf verzeichnet waren. »Namenszauber«, »Der Schleier der Sehnsucht«, »Die vergessene Angst«.

»Glaubst du, die Formeln können dir bei deiner augenblicklichen Aufgabe weiterhelfen?«, fragte Theda.

»Allerdings«, entgegnete Phoebe, die ihre Verwunderung nicht verbergen konnte. »Sieht nach einem richtigen Hochleistungszauber aus!«

»Wie ich gehört habe, legt ihr euch mit ziemlich finsteren Mächten an. Ihr könnt jede Hilfe gebrauchen. Ich wünschte nur, ich könnte hier bleiben und an eurer Seite kämpfen, aber ich habe auch etwas Dringendes zu erledigen, und meine Schlacht wird im Wüstensand geschlagen, jedenfalls deutet alles darauf hin.«

»Ach«, sagte Phoebe, »du hast auch Visionen von der Zukunft? Oder fließt Zigeunerblut in deinen Adern?«

»Ich bin eine geheimnisvolle Frau, meine Liebe. Genau wie du«.

Phoebe wusste nicht, was sie antworten sollte. »Geheimnisvoll? Ich? Schwester, ich habe nicht das Geringste zu verbergen!«

»Ich spüre ein großes Herzensgeheimnis bei dir.«

»Oh-oh«, machte Phoebe leise. Da wollen wir lieber nicht drüber reden, dachte sie.

Theda sprang unvermittelt auf und sah sich argwöhnisch im Zimmer um.

»Was ist los?«, fragte Phoebe und sah sich ebenfalls um. Aber sie sah nichts.

»Gefahr«, sagte Theda. »Ein alter Feind ist gekommen.«

Phoebe schreckte auf, als sie hörte, wie das halb geöffnete Fenster von außen ganz hochgeschoben wurde. Ein vertrautes Gesicht erschien. Cole! Er kauerte draußen auf der Feuerleiter und hielt ein langes Messer mit einem purpurroten Griff in der Hand.

»Du!«, sagte Theda mit eisiger Stimme.

Da erklang ein Stöhnen, und die Wand hinter Phoebes Bett beulte sich aus, als wäre sie aus Gummi und nicht aus Steinen und Mörtel. Ein Muster aus pulsierenden grauen Adern trat aus der Wand.

Theda und Phoebe wichen zurück, als die Wand explodierte und eine elfenbeinfarbene Kreatur, an die drei Meter groß und mit langen blauweißen Klauen versehen, in den Raum sprang. An ihren Ziegenbeinen hatte sie Hufe, mit denen sie die Matratze zerfetzte und das Bett zum Einsturz brachte. Die Augen waren schwarz und rund. Das Wesen riss brüllend sein Maul auf.

»Was ist das denn?«, rief Phoebe entgeistert.

»Einer meiner vielen Feinde«, entgegnete Theda mit einer Spur von Angst in der Stimme. Offenbar war sie nicht auf dieses Problem vorbereitet und wusste nicht, wie sie es sich vom Hals schaffen konnte. Aber der Dämon hatte für Kinkerlitzchen wie Fairness nichts übrig. Er wollte Blut sehen.

Ihr Blut.

»Phoebe, runter!«, schrie Cole vom Fenster.

Automatisch ging Phoebe in Deckung, und das Messer segelte mit atemberaubender Präzision durch die Luft, um sich bis zum Griff in den Hals der Kreatur zu bohren, deren Blick starr auf Theda ruhte.

Die Kreatur keuchte und begann zu zittern, als sie begriff, was geschah, aber da explodierte sie bereits mit einem rötlichschwarzen Dunstschleier überirdischer Energie und verschwand spurlos.

»Na also«, sagte Cole, kletterte steifbeinig durchs Fenster herein und ließ sich mit einem lauten Plumps auf den Boden fallen. Mühsam rappelte er sich auf. Er sah aus, als täten ihm sämtliche Knochen weh. »Noch ein Treffer für die Guten!« Er stemmte die Hände in die Hüften. »Eigentlich wollte ich dieses kleine Schmuckstück gegen *unsere* Feinde einsetzen, aber was will man machen!«

Theda machte einen energischen Schritt auf Cole zu. »Das Böse vernichten, was sonst?«

Cole riss erstaunt die Augen auf und sah die schwarzhaarige Hexe an. Erst jetzt begriff er, wer da vor ihm stand. »Theda! Hallo!« Er schluckte und wurde blass. »Bitte tu mir nichts!«

»Ihr kennt euch?«, fragte Phoebe und schob die Trümmer zur Seite, die einmal ihr Bett gewesen waren. Das war wirklich super! Wie sollten sie den Schaden nur bezahlen? Und wo waren die verflixten Schriftrollen?

Sie wirbelte um die eigene Achse, als sie hörte, wie hinter ihr Feuer knisterte. Sie sah, wie zwei brennende smaragdfarbene Kugeln in Thedas Händen wuchsen.

»Geh zur Seite, Phoebe«, befahl Theda. »Ich habe mit diesem grässlichen Dämon noch ein Hühnchen zu rupfen.«

»Ähm, bin kein Dämon mehr«, bemerkte Cole. »Komme aus der Zukunft. Habe nur noch meine menschliche Hälfte. Balthasar ist weg.«

»Das stimmt«, sagte Phoebe. »Cole gehört zu uns.«

»Und ...«, Theda sah langsam von Cole zu Phoebe und wieder zurück, »ihr beiden wart mal zusammen.«

»Cole hat sich verändert«, sagte Phoebe wahrheitsgemäß, aber diese Äußerung konnte man natürlich so oder so verstehen.

»Das ist also das Geheimnis!«, sagte Theda, wandte sich von Cole ab und ließ die feurigen Energiekugeln wieder verschwinden. Sie zeigte auf die Schriftrollen, die in eine Ecke gefallen waren. »Unter den Beschwörungen, die ich dir mitgebracht habe, ist auch eine Formel, mit der man Dinge wieder so herrichten kann, wie sie einmal waren.«

»Wirklich?«, fragte Cole und schien augenblicklich zu erstarken. »Du meinst, ich könnte meine Kräfte zurückbekommen?«

»Es funktioniert nur bei unbelebten Objekten«, erklärte Theda. Dann überlegte sie. »Obwohl ... wenn ich bedenke, was ich von dir weiß und was ich mit dir erlebt habe, bevor ich begriff, wer und was du bist, könnte ich mir vorstellen, dass Phoebe den Zauber vielleicht doch an dir ausprobieren will.«

»Hey, ich war absolut lebendig, als wir zusammen waren«, fuhr Cole auf und sah sie böse an.

»Es ist auch eine Formel zur Zerstörung von Illusionen dabei«, sagte Theda zu Phoebe. »Vielleicht willst du die auch an ihm ausprobieren.«

Dann flüsterte sie leise »Lebt wohl!« und ging zur Tür. Sie öffnete sie, und vor ihr stand der walrossartige weißhaarige stellvertretende Hoteldirektor. Neugierig versuchte er, einen Blick ins Zimmer zu erhaschen.

»Was ist das für ein Radau?«, fragte er barsch.

Theda wedelte mit der Hand vor seiner Nase herum, und eine Wolke aus glitzerndem Staub umfing ihn. »Da war doch gar kein Lärm.«

»Stimmt, ich habe auch nichts gehört.«

»Sie müssen sich ein bisschen ausruhen.«

»Ich gehe sofort in mein Zimmer«, antwortete er gefügig.

Theda sah über ihre Schulter, blinzelte Phoebe zu und bedachte Cole mit einem bösen Blick, dann war sie verschwunden.

»Willst du mir vielleicht erklären, was das wieder für eine Geschichte war?«, fragte Phoebe.

Cole schüttelte den Kopf. »Nein.«

Phoebe kniete sich auf den Boden und sammelte die Schriftrollen auf.

»Sag's mir trotzdem!«

»Todfeinde. Eine Zweikampf-Phase.« Er verzog das Gesicht und machte eine »Was-soll's?«-Handbewegung. »Kleinkram.«

Ja, für dich ist das alles Kleinkram, nicht wahr?, dachte Phoebe. Du drängst dich in unser Leben, sorgst dafür, dass ich mich in dich verliebe, versuchst uns umzubringen, gestehst dann alles und beweist, dass du gut bist ... und wirst umgehend wieder böse.

Hin und her, hin und her, bis es Phoebe einfach zu viel wurde.

Gut oder böse? Was machte das schon?

Alles Kleinkram.

»Was ist?«, fragte Cole. »Wann höre ich ein einfaches, kleines Dankeschön dafür, dass ich dir das Leben gerettet habe?«

»Wenn du es verdienst«, sagte Phoebe und dachte an den kalten, grausamen, zufriedenen Gesichtsausdruck von Cole, als er den Dämon vernichtet hatte, der hinter Theda her gewesen war. Sie sah die Zauberformeln durch und fragte sich, ob wohl eine dabei war, mit der man unerwünschte Gefühle verbannen konnte. Cole hatte ihr das Leben gerettet, und dafür war sie ihm dankbar. Mehr als dankbar. Der Zwischenfall hatte Erinnerungen an bessere Zeiten geweckt, als sie Seite an Seite im Namen des Guten gekämpft hatten. Aber in dem Augenblick, als er das Messer warf, hatte Cole viel zu sehr wie der alte Cole ausgesehen, den Phoebe einmal gekannt hatte und der sie und ihre Schwestern glatt getötet hätte, wäre er nur dazu in der Lage gewesen.

Und man musste keine besonderen Kräfte haben oder ein Halbdämon sein, um auf der Seite des Bösen zu landen.

»Wenn ich es verdient habe«, wiederholte Cole matt.

»Ja, Cole. Wenn du es verdient hast. Und jetzt hilf mir, dieses Chaos aufzuräumen, bevor die anderen beiden kommen. Wir haben neue Munition für unseren kleinen Krieg gegen die Schicksalsdämonen, und mittlerweile glaube ich, wir können ihn gewinnen.«

8

»PENNY! ICH BIN SO FROH, dass Sie sich Zeit für mich genommen haben!«

Paige stand in Oscars kleinem Büro. Sie war müde nach dem langen Drehtag, aber sie freute sich immer, Oscar zu sehen. Er bot ihr den Stuhl vor seinem Schreibtisch an, und sie setzte sich. Sie trug noch ihre Uniform und war auch noch nicht abgeschminkt. Chloe wartete draußen vor der Tür; sie war wirklich ein Schatz! Paige hatte sich inzwischen daran gewöhnt, von den Leuten Penny genannt zu werden. Es brachte sie kein bisschen mehr aus dem Konzept. Eigentlich lief die ganze Schauspielerei viel besser, als sie erwartet hatte.

In Oscars Büro stapelten sich die Drehbuchmanuskripte; manche Stöße waren über einen Meter hoch. An den Wänden hingen Fotos – von Oscar mit Berühmtheiten aus der Entertainmentbranche, der Geschäftswelt und sogar der Politik – und Plakate von seinen Filmen. Der Entwurf des Plakats für den neuen Film stand auf der Staffelei am Fenster.

»Für Sie habe ich doch immer Zeit«, sagte Paige. »Sie sind der Boss!«

»Ich mag derjenige sein, der die Schecks unterschreibt, aber Sie haben die ganze Macht. Sie sind in dieser Situation der Boss.«

Das war interessant. »Aha«, sagte Paige. »Verstehe ich zwar nicht, aber okay.«

»Sehen Sie, ich möchte Ihnen einen Vorschlag unterbreiten. Nein, nein, es geht nicht ums Heiraten oder dergleichen!«

Paige lachte. »Sie sind ein guter Kerl, Oscar. Ich mag Sie.«

»Und Sie sind eine gute Schauspielerin, Penny. Eines Tages werden Sie eine von den ganz Großen sein.«

»Oh, vielen Dank! Nun, wir wissen beide, wozu Schmeicheleien gut sind – was wollen Sie also von mir?«

»Uns eröffnen sich großartige Chancen. Es geht um Promotion und vieles mehr. Ich plane einen ganzen Schwung neuer Produktionen, und dafür brauche ich große Investoren und die Sicherheit, dass unsere Filme überall auf der Welt an die Öffentlichkeit gebracht und gezeigt werden können. Wissen Sie, die Erkenntnis, dass Beziehungen wertlos sind, wenn man keine Show hinlegt, hat mir geholfen, die nötige Unterstützung für dieses Studio – eine hochtrabende Bezeichnung, wenn man ehrlich ist – und die drei letzten Filme zu bekommen. Die Leute, an die ich wegen der Investitionen herantrete, müssen mir zutrauen, dass ich eine Produktion auf die Beine stellen kann, die das Geld und die Sachleistungen auch wert ist, um die ich sie bitte. Und ich kann ihnen wohl am besten das Gefühl vermitteln, dass sie ein Teil der Produktion sind, und ihnen zeigen, was sie für ihr Vertrauen in mich und meine Visionen als Gegenleistung bekommen, wenn ich ihnen eine gute Show biete. Vielleicht hat mich meine Vergangenheit beim Varietee dazu inspiriert, ich weiß es nicht, aber ich möchte eine kleine Truppe aus Schauspielern, Kostümbildnern, Stylisten und Requisiteuren zusammenstellen, die mit mir auf Reisen geht. Im Zuge meiner Verhandlungen kann ich euch dann alle aus dem Hut zaubern, inklusive Kostüme, Maske und Requisiten, und ihr spielt die Schlüsselszenen aus den neuen Filmen vor.«

»Alle Achtung!«, sagte Paige und dachte nach. »Das klingt, als könnten Sie mit dem Geld, das Sie für so eine Aktion brauchen, einen ganzen Film drehen.«

»Nun, das ist die Entscheidung, die ich treffen musste. Ich kann entweder einfach darauf hoffen, dass dieser Film und der nächste genug Profit abwerfen, damit unsere kleine Firma weitermachen kann, obwohl uns die vielen Ned Hawkins auf der Welt und die großen Studios zu erdrücken drohen, die ihre Konkurrenten lieber aufkaufen, statt zu überlegen, wie sie bessere Filme machen können. Oder ich entscheide mich, ein vielleicht noch größeres Risiko einzugehen und stelle diese Truppe zusammen. Dann verliere ich entweder alles, oder ich gewinne mehr als wir je für möglich hielten.

Wenigstens richte ich mich mit der zweiten Option nach meinem bisherigen Motto: Ob ich gewinne oder verliere, ich will mein eigener Herr sein.«

»Das kann ich nachvollziehen«, sagte Paige.

»Der Grund, warum ich vorhin sagte, Sie seien der Boss in dieser Sache, ist ganz einfach: Ich kann Sie nicht bezahlen.«

»Oh!«

»Für die Rolle in diesem Film natürlich schon, das ist kein Thema. Aber wenn Sie zu dieser Promotionstour Ja sagen, kann ich Ihnen nur die Flüge rund um die Welt anbieten, *einigermaßen* anständige Hotelzimmer und die Möglichkeit, als Kommanditgesellschafterin bei *Osiris Studios International* einzusteigen.«

»Wow«, machte Paige beeindruckt. »Das ... das ist ein sehr großzügiges Angebot.«

Aber wie könnte ich es annehmen?, dachte sie. Ich bin nicht die, für die er mich hält. Und die echte Penny Day Matthews wäre wahrscheinlich nicht allzu erpicht darauf. Und dann sind da noch Phoebe und Piper und mein ganzes Leben zu Hause ...

Aber es klingt gut, trotzdem!

»Arbeitet Ned für eines dieser großen Studios?«, fragte sie. »Kommt er deshalb ständig hierher?«

»In letzter Zeit kommt er nur Ihretwegen hierher, meine Liebe. Irgendwie ahnt der Kerl wohl mein Pläne und spürt, welche Rolle Sie dabei spielen sollen.«

»Also macht er sich an mich ran, um durch mich Einfluss auf Sie zu nehmen?«

»Das ist mein Verdacht. Aber ich glaube nicht, dass er für eines von den großen Studios arbeitet. Er würde keine Befehle von jemandem annehmen, das wäre für ihn indiskutabel. Er will sich wohl eher selbst einen Namen machen. Und ich wiederum will mit seinen Machenschaften nichts zu tun haben.«

Paige biss sich auf die Unterlippe. Sie wünschte, sie könnte Oscar wenigstens ein bisschen erklären, warum sie mit Ned ausging. Wenn sie ihm nur sagen könnte, dass sie versuchte, ihm zu helfen, und Ned mit seinen Bemühungen, sie zu ködern, erbärmlich versagte.

Oder gelang es ihm etwa doch?

»Denken Sie über mein Angebot nach«, sagte Oscar. »Mir wäre es lieb, wenn Sie keine voreilige Entscheidung treffen, so oder so.«

Paige erhob sich, beugte sich über den Schreibtisch und küsste Oscar auf die Wange. »Oscar, mal ehrlich, wie groß ist die Wahrscheinlichkeit, dass Ihr Plan wirklich aufgeht?«

»Ich weiß es nicht, und es ist mir auch egal. Hätte ich auf die Leute gehört, die zu wissen glaubten, wie gut oder schlecht meine Chancen standen, auch nur einen einzigen Traum zu verwirklichen, dann hätte ich schon vor langer Zeit aufgegeben. Meiner Erfahrung nach hat man den größten Erfolg, wenn man gar keine Prognosen aufstellt, jedenfalls nicht, bevor sich die Wogen geglättet haben und alles unter Dach und Fach ist.«

Piper stand vor der *Hollywood Canteen*. Leo hatte so oft davon gesprochen, dass sie nicht widerstehen konnte, sich den berühmt-berüchtigten Laden einmal selbst anzusehen.

Sie war mit dem Bus zum Cahuenga Boulevard gefahren, der nicht weit vom Sunset entfernt lag, und dann zu Fuß zu dem ehemaligen Mietstall gegangen, der zuerst zu einem Nachtklub namens *The Old Barn* umgebaut wurde, bevor aus ihm schließlich durch die Bemühungen von John Garfield, Bette Davis und Jules Stein, einem Investor, ein angesagter Treffpunkt für Militärangehörige wurde.

Und genauso sah der Laden auch aus: eine alte Scheune – wie man sie zu Pipers Zeit vielleicht bei einem Rodeo sah – mit Wänden aus breiten, grob behauenen Holzplanken. Über dem Tor waren in einer hübschen, unbekümmerten Handschrift die Worte HOLLYWOOD CANTEEN gepinselt. Drei Sterne waren jeweils links und rechts darüber aufgemalt.

Drei und drei. Die Macht der Drei, dachte Piper. Vielleicht ist das ein gutes Zeichen ...

Vor der Scheune wimmelte es nur so von attraktiven, gut angezogenen Frauen. Wie Piper beobachtete, wurden sie am Eingang abgewiesen, wenn sie keinen Begleiter fanden. Die Soldaten hatten keine Probleme, eingelassen zu werden. Und so flirteten die Frauen sie an und seufzten immer wieder enttäuscht, wenn sich die Neuankömmlinge nicht für eine von ihnen entschieden, um ihr den Eintritt zu ermöglichen. Dann kicherten sie, als wäre das Ganze ein herrliches Spiel.

»Heute Abend geht garantiert die Post ab!«, sagte eine der Frauen, als Piper näherkam. Die Musik, die ihr von drinnen entgegendröhnte, hatte einen überraschend schnellen Rhythmus.

»Weißt du, was ich gehört habe?«, fragte eine andere. »Ich habe gehört, Bette Davis musste bei der Eröffnung durchs Fenster hineinklettern, so voll war der Laden!«

Au Mann, dachte Piper, schüttelte den Kopf und machte kehrt. Das darf doch wohl nicht wahr sein. Das kann ich genauso gut vergessen!

Plötzlich drängte sich ein Mann durch die Menge und zupfte Piper vorsichtig am Ärmel. Irritiert drehte sie sich um. Der Mann war in den Vierzigern, sehr dünn, hatte angeklatschtes schwarzes Haar und eine Hakennase. Er sah aus wie Basil Rathbone in den alten Sherlock-Holmes-Schwarzweißfilmen, besonders wegen seiner großen, etwas traurigen, dunklen Augen mit dem durchdringenden Blick. Er trug einen schlichten Baumwollanzug mit Krawatte – ein brauner Farbtupfer zur Auflockerung der beigefarbenen Tracht.

Piper hatte sich für ein einfaches schwarzes Kleid entschieden, das zu dieser wie zu ihrer Zeit ein wichtiges Element einer jeden Garderobe war. Zu einem solchen Kleid passte praktisch jede Handtasche. »Kann ich Ihnen helfen?«, fragte sie und bemühte sich, ihre Verärgerung zu verbergen. Sie wollte zwar in den Klub, aber deshalb würde sie noch lange nicht die schmachtende kleine Debütantin spielen wie die anderen Frauen.

»Sind Sie nicht zum Vorsingen hier?«, fragte er.

»Wie bitte?«

»Vorsingen. Für neue Backgroundsängerinnen.«

»Singen?«, sagte Piper, und ihr Mund wurde ganz trocken. »Ich?«

»Also nicht?« Er schien verwirrt, hilflos. Dann fasste er sich wieder. »Es tut mir Leid, Sie haben nur so etwas an sich, und bitte verzeihen Sie mir meine Bemerkung, ich will Sie nicht beleidigen und ganz bestimmt nicht frech werden ... Sie haben etwas, das Sie von allen anderen Frauen hier unterscheidet. Eine gewisse Ausstrahlung, wenn ich so sagen darf.«

Piper fragte sich, ob er empfänglich für Magie war, bewusst oder unbewusst. Oder ob sie als eine aus der Zeitbahn geworfene Hexe einfach fremdartig wirkte, wie sehr sie sich auch bemühte. Wir zeitreisenden Hexen haben anscheinend eine umwerfende Wirkung, dachte sie.

»Sie haben dieses gewisse Etwas, Sie fallen auf«, erklärte der Mann. »Die gleiche Ausstrahlung wie die Stars, die hierher kommen. Also habe ich gedacht ...«

»Sie haben richtig gedacht«, sagte Piper schnell, nachdem sie sich überlegt hatte, dass der Trick, sich als Sängerin auszugeben, durchaus akzeptabel war, um das zu bekommen, was sie wollte – viel akzeptabler jedenfalls, als einem Mann schöne Augen zu machen, der ihr egal war. »Vorsingen, ja genau, deshalb bin ich hier.«

»Ausgezeichnet.«

Er führte sie durch die Menge. Piper ignorierte die neidischen Blicke der Frauen, die noch keinen Begleiter gefunden hatten, und trat mit dem Mann, der sie für eine Sängerin hielt, durch das große Tor.

Die Leute wurden am Eingang von einer Frau begrüßt, die Piper bekannt vorkam. Aber erst, als sie ihr ebenfalls die Hand gegeben und an ihr vorbeigegangen war, begriff sie, dass sie gerade Lana Turner begegnet war!

Leo hatte nicht übertrieben, es verkehrten tatsächlich Filmstars in dieser Scheune!

»Ich muss mich nun leider von Ihnen verabschieden, meine Liebe«, sagte der Mann mit der Hakennase und schenkte ihr ein herzliches Lächeln, nachdem er sie hineinbegleitet hatte. »Ich sage Ihnen Bescheid, wenn es so weit ist!«

Er schlängelte sich zwischen zwei plaudernden Paaren hindurch und verschwand in der Menge. Piper ging weiter und stellte verblüfft fest, wie voll der Laden bereits war. Sie hatte keine Ahnung, wie man in diesem Gedränge jemanden wieder finden sollte.

Dieser Gedanke ließ sie innehalten.

Bin ich deshalb hergekommen?, fragte sie sich beklommen. War sie nicht nur dort, um sich persönlich diesen Laden anzusehen, der Leo so viel bedeutet hatte, sondern um ihm selbst zu begegnen? Um den lebendigen Mann zu sehen, der Leo gewesen war, bevor er in den Krieg zog und ... bevor er Wächter des Lichts wurde?

Das Gedränge, das ringsum herrschte, lenkte Piper von ihren Überlegungen ab. Sie ging am Rand der riesigen Tanzfläche entlang, vorbei an Grüppchen von Soldaten, die lachend und scherzend im Zuschauerraum saßen. Aus den Gesprächsfetzen, die sie mitbekam, erfuhr sie, dass Xavier Cugat der Leader der Band war, die mit einer schwungvollen Rumba die Stimmung aufheizte.

Piper hatte natürlich schon in alten Filmen gesehen wie Paare Swing miteinander tanzten, aber als sie es nun aus der Nähe sah, merkte sie erst, wie aufregend und ... sexy dieser Tanz eigentlich war.

Ein Grund mehr, warum ich nicht hierher gehöre, dachte sie.

An den Wänden gab es viele Gemälde zu bestaunen. Piper kam zwar der ein oder andere Stil bekannt vor, aber Namen fielen ihr dazu nicht ein. Es gab realistische Darstellungen von den Jungs an der Front à la Norman Rockwell, aber auch

Karikaturen. Nach einer Weile kam Piper an einer hübschen Blondine vorbei, um die sich mehrere Soldaten scharten.

»Okay, Blondie«, murmelte Piper und verbannte alle anderen Gedanken aus ihrem Kopf, »was ist an dir so besonders?«

»Das ist Ms Dinah Shore«, erklärte ihr ein freundlicher, sommersprossiger, rothaariger Junge mit einer Brille und starkem Südstaatenakzent. Er trug eine undekorierte Uniform und lächelte Piper freundlich an.

Es war schon merkwürdig: Sie hatte beschlossen, sich nicht an einen Mann zu hängen, und sie kannte diesen Jungen auch gar nicht. »Junge« war eigentlich der falsche Ausdruck – er war mindestens achtzehn; ein Mann, der für sein Land in den Krieg ziehen wollte, aber ihr war seine Gesellschaft angenehm. Zudem hatte sie das Gefühl, dass er Frauen normalerweise nicht so unbefangen ansprach.

Was soll's, dachte sie, solange er bei mir ist, werde ich von keinem anderen angebaggert. Und er hat durchaus etwas an sich.

Etwas Vertrautes ...

»Neulich waren wir mit ein paar Jungs vom Militärkrankenhaus schon mal hier, und sie war einfach unglaublich süß«, sagte der junge Mann, den Piper im Geiste »Red« getauft hatte, mit einem breiten Grinsen, bevor er sich die Hälfte seines Donuts in den Mund stopfte.

»Tatsächlich?« Piper horchte auf. Leo hatte im Krieg als Arzt gearbeitet.

»Ja, Madam.« Er blinzelte ihr zu und nannte ihr seinen Namen, den sie gleich wieder vergaß – was ihr sehr peinlich war –, und seine Einheit.

Leos Einheit!

Kam ihr der Junge deshalb irgendwie bekannt vor? Hatte Leo vielleicht von ihm erzählt?

Leo ist hier!, dachte Piper, und ihr Herz begann zu rasen. Er könnte jedenfalls hier sein.

»Eddie Cantor wird nachher auf die Bühne kommen«, erklärte ihr Red. Dabei fasste er sich mit der einen Hand an die Brust, die andere streckte er aus so weit es ging, ohne den gerade vorbeitanzenden Soldaten oder seine reizende Partnerin am Kopf zu treffen. Nachdem er sich in Pose geworfen hatte, trällerte er: »Der Kaffee könnte süßer sein, aber das ist kein Verdruss, denn jedes Mal wenn sie mich küsst, dann ist's ein süßer Kuss!«

Red riss erschrocken die Augen auf, sein Gesicht und die Ohren leuchteten plötzlich so rot wie sein Haar, und er wurde total verlegen. »Ups! Sorry!«

Piper lächelte. Red hatte gute Chancen, ein richtiger Gentleman zu werden, er war nur noch ein bisschen ungehobelt. »Ist schon in Ordnung.«

»Es hätte noch schlimmer kommen können. Ich hätte was von Red Skelton bringen und mich damit vollends blamieren können. So ist mir das nur zu neunzig Prozent gelungen.«

Die Musik wurde lauter.

»Sehen wir uns doch ein bisschen um«, rief Piper laut über den Lärm hinweg. Wie sie zugeben musste, war sie ziemlich beeindruckt. Einige der Songs gingen richtig gut ab.

Sie war nicht sicher, ob Red sie gehört hatte, aber er folgte ihr, als sie sich zwischen den lachenden, tanzenden Paaren hindurchschlängelte. Sie sahen so sexy aus und zugleich so unschuldig; eine unmögliche Mischung, aber so war es nun mal. Piper entdeckte unglaublich gut aussehende Männer in Kellneruniformen, die Getränke reichten. Auch sie waren Filmstars! Auf dem Schild über einer Theke, die mit Donuts und Drinks beladen war, stand: ESSEN UND TRINKEN GRATIS!

Piper hätte *schwören* können, Humphrey Bogart unter den Küchenhilfen gesehen zu haben.

Einige Soldaten tanzten mit Schauspielerinnen, deren Gesichter ziemlich bekannt waren – war dort etwa Bette Davis?

Was für ein unglaubliches Lokal!

Die Band spielte nun ein gemächlicheres Lied, und die Paare auf der Tanzfläche nutzten die Möglichkeit zu einem langsamen Tanz, wobei die meisten Männer und Frauen allerdings einen züchtigen Abstand zueinander hielten. Piper stellte sich vor, wie sie mit dem Leo der Vierzigerjahre tanzte, und fragte sich, ob er, wenn er sie ansah, vielleicht schon ein Fünkchen der Liebe verspüren würde, die er eines Tages für sie empfinden sollte.

Das ist doch verrückt!, dachte sie. Es ist falsch. Ich muss hier raus, bevor ich etwas tue, das ich später bereue.

Red merkte, wie sie sich umsah. »Die meisten von uns sind Bauernjungen, wissen Sie. Andere kommen aus Kleinstädten, manche auch aus den Randbezirken der Großstädte. Aber hier sind wir alle gleich. Das gilt sogar für die berühmten Stars. Es ist, als seien sie vom Himmel zu uns herabgestiegen.«

»Wie die Engel«, murmelte Piper und dachte an denjenigen, der eines Tages ihr Wächter des Lichts – und ihr Ehemann – werden sollte.

»Für Sie gilt das auf jeden Fall, Miss.«

Miss? Oh! Piper wurde klar, dass sie sich noch gar nicht vorgestellt hatte.

Aber das war vielleicht auch ganz gut so. Wenn Leo in diesem Lokal war, wenn sie ihn sah oder – schlimmer noch – ihm sagte, was geschehen würde ...

In diesem Moment erblickte sie ein paar Meter weiter im Gedränge einen blonden Haarschopf und erstarrte vor Aufregung.

War er es? War das Leo?

Plötzlich spürte sie eine Hand auf ihrer Schulter. Sie wirbelte erschrocken um die eigene Achse, hob die Hände, um loszuzaubern, und blickte in das Gesicht des freundlichen Herrn, der sie in den Klub geholt hatte. Red trat amüsiert zur Seite.

»Sie sind dran«, sagte er und zeigte auf die Bühne.

Piper sah ein Mikrofon, dessen Ständer im Scheinwerferlicht glänzte, und schon wurde sie darauf zugeschoben. Red fing an zu applaudieren, als sie eine kleine Holztreppe hinaufstolperte und unmittelbar vor das seltsame Mikrofon geführt wurde, das aussah wie ein Funksprechgerät.

Der Mann mit der Hakennase zog sich zurück, und der Bandleader, ein rundlicher Latinotyp mit dunklem Schnurrbart und aufmunterndem Lächeln, flüsterte den Namen eines Liedes, das derzeit wohl jedem geläufig war. Die Band fing an zu spielen. Es war eine langsame Melodie, und der Bandleader nickte Piper zu, nickte noch einmal ... und noch einmal.

Es war Pipers Einsatzzeichen, aber sie war furchtbar befangen, genauso wie an dem Abend mit Leo im *P3*. Sie fragte sich, ob es den normalen Lauf der Dinge beeinträchtigen würde, wenn Leo tatsächlich hier war und sie sah. Oder suchte sie nur nach einer Ausrede, um sich nicht vor einem Saal voller Fremder zu blamieren?

»Es tut mir Leid«, sagte Piper ins Mikrofon und verließ fluchtartig die Bühne. Sie drängte an den vielen enttäuschten Gesichtern vorbei und zog so gut es ging den Kopf ein, als sie an Red und seinen Jungs vorbeikam – von denen einer vielleicht Leo war – und verließ rasch den Klub.

Paige schritt auf dem schmalen Teppichstreifen auf und ab, der ihr in der Enge des Hotelzimmers als Auslauf zur Verfügung stand. Piper und Phoebe saßen zusammen auf dem einen Bett, Cole auf dem anderen.

»Ich habe erfahren, was Ned damit meinte, als er neulich sagte, Oscar wolle international aktiv werden«, erklärte Paige und berichtete den anderen von Oscars Plänen. »Ich verstehe nur nicht, warum Ned sich da reindrängen will. Was bezweckt er damit? Was hat er davon?«

»Unter Umständen eine ganze Menge«, sagte Cole nachdenklich. »Mir ist vorhin etwas Interessantes zu Ohren gekommen. Es soll jemanden geben, der gerade ein Netzwerk für den Vertrieb solcher magischer Artefakte aufbaut, wie sie Hawkins und seinen Freunden offenbar in die Hände gefallen sind.«

»Vertrieb?«, fragte Phoebe.

»Es gibt für alles einen Schwarzmarkt, und im Augenblick sind eine Menge übler Gestalten in der Weltgeschichte unterwegs. Von Hitler zum Beispiel weiß man, dass er regelrecht besessen von solchem Zeug war.« Er schüttelte den Kopf. »Besessen ist. Sorry. Diese Zeitreisen machen einen ganz wirr im Kopf.«

»Hitler«, flüsterte Phoebe. »Wenn er so etwas in die Hände bekäme, könnte er den Krieg gewinnen.«

»Er ist einer von denen, die sogar unsereinem Angst gemacht haben«, meinte Cole.

»Okay, aber wozu brauchen sie die *Osiris Studios?*«, fragte Paige.

»Für den Transport der Artefakte«, sagte Cole. »Man tarnt sie ganz einfach als Requisiten, und schon gehen sie an der Zollkontrolle vorbei.«

»Das überzeugt mich nicht«, erklärte Piper. Sie wirkte ziemlich zerstreut, aber seit Phoebe den Krieg erwähnt hatte, war sie wieder ganz bei der Sache.

»Die meisten Dämonen können problemlos von Ort zu Ort schimmern. Eigentlich alle, wenn ich es recht bedenke.«

»Sicher«, sagte Cole. »Die Frage ist nur, ob das einer von ihnen auch mit einer solchen Feuerkraft unter dem Arm wagen würde. Und ob es überhaupt eine sichere Methode ist. Man muss wirklich vorsichtig sein und alle möglichen Vorkehrungen treffen – zumindest wenn man so ein Artefakt bei sich hat und gleichzeitig Magie einsetzen will. Aber es einfach in eine Kiste zu packen oder jemanden in den Koffer zu stecken ist eine Kleinigkeit.«

»Das ist wirklich seltsam!«, beschwerte sich Paige.

»Hey, ich kann nichts dafür!«

»Sagen wir mal, du hättest Recht«, meinte Phoebe. »Was könnten wir dagegen tun?«

Cole grinste. »Witzig, dass du fragst. Ich habe zufällig ein, zwei Vorschläge ...«

9

COLE WURDE VON DEM KLINGELN DES WECKERS aus dem Schlaf gerissen. Er drehte sich um und versuchte, das Geräusch einfach zu verdrängen.

Es gelang ihm nicht.

Mit einem frustrierten Knurren stützte er sich auf den Ellbogen und schlug mit der Faust auf den kleinen Wecker. Der Knopf zum Abschalten befand sich oben auf dem runden Keramikgehäuse.

»Aua!«, brüllte Cole, als unvermittelt eine Schmerzwelle in seinen Arm schoss, weil er den Wecker an der Kante getroffen und umgeworfen hatte.

Cole rieb sich die schmerzende Hand. Der goldene Schein der Morgensonne fiel durch die dünnen Vorhänge vor dem kleinen Fenster seines Zimmers. Er hatte einen Riesenhunger. Es fühlte sich so an, als würde sein Magen von einer großen, starken Hand gepackt und zusammengequetscht werden. Seine Kehle war ganz trocken, und er hatte furchtbaren Mundgeruch, wie er beim Atmen gegen das Kissen feststellte.

Eins nach dem anderen! Cole setzte sich fröhlich auf und rief seine Bestellung in den Raum: »Okay, ich hätte gern belgische Waffeln, ein Omelette mit gekochtem Schinken, Speck und Zwiebeln – den Speck leicht knusprig –, frisch gepressten Orangensaft und einen starken Kaffee.«

Er schnippte mit den Fingern und erwartete, dass das Tablett mit allen seinen Wünschen auf wunderbare Weise direkt vor ihm auftauchte.

Nichts geschah.

Er schnippte wieder mit den Fingern. Und noch einmal.

»Ach«, stöhnte er. Als er sich übers Gesicht rieb, spürte er Bartstoppeln. »Stimmt ja!«

Ich bin wirklich blöd, dachte er. Ich muss mir endlich merken, dass ich hier keine Kräfte besitze. Und das bedeutet:

Scharfe Gewürze vermeiden. Kein Broccoli. Keine Zwiebeln. Keine Bohnen. Und bevor ich zum Frühstück gehe, muss ich duschen. Das ist dringend nötig. Dann rasieren, Zähne putzen. Irgendwas mit den Haaren machen. Mundwasser. Anziehen. Und um Himmels willen das Deo nicht vergessen! Schönen Tag und viel Erfolg!

Cole knurrte unwillig und ging schweren Herzens an die Arbeit, um sich in einen präsentablen Zustand zu versetzen.

Schließlich stand ein großer Tag vor der Tür. Das Treffen mit Hawkins und seinen Leuten war für kurz nach Sonnenuntergang vereinbart, und so hatte er genug Zeit für die letzten Vorbereitungen. Zum Beispiel musste er Gerüchte über die Turner-Gang unter die Leute bringen, und das natürlich möglichst geschickt. Es machte keinen Sinn, einschlägige Stammlokale aufzusuchen und einfach zu sagen, er hätte dies oder jenes darüber gehört, wie böse und gemein die Turners seien. Nein, das Beste war, beim Reingehen den Erleichterten zu spielen, so als sei er gerade noch einmal aus einer üblen Sache herausgekommen, die ihn seit Wochen belastete. Und dann musste er davon erzählen, was die Turner-Gang alles *nicht* war und was sie *nicht* hatte.

Das klang natürlich verrückt, aber genauso lief es. Der Trick bestand darin, sehr genaue Angaben zu machen. Man sagte nicht: »Ich habe gehört, diese Kerle haben Beziehungen zu allen möglichen Schurken aus dem Dämonenreich, aber das ist bestimmt alles nur dummes Geschwätz.«

Es war viel besser, es so auszudrücken: »Diese Turners haben uns in Angst und Schrecken versetzt. Wir hörten, sie haben hundertvierzehn höhere Dämonen als Leutnants und Beziehungen zu einundvierzig Dämonendimensionen.« Wer so etwas hörte, merkte unweigerlich auf. Es war unvermeidlich. Nach einer Weile würde der jeweilige Gesprächspartner anfangen, die Zahlen zu wiederholen. »Hundertvierzehn höhere Dämonen als Leutnants?«, würde die ängstliche Frage lauten. Und Cole würde antworten: »Nun, das habe ich gehört, aber das kann unmöglich stimmen.«

»Hundertvierzehn, immerhin. Das ist eine Menge.«

»Es wäre eine Menge, wenn an dem Gerede was dran wäre, aber ich sage Ihnen, es gibt keine hundertvierzehn Dämonen-Leutnants und auch keine Beziehungen zu einundvierzig Dämonendimensionen. Das ist alles Unsinn.«

Und dann würde Cole sein durch gezielte Falschinformation verschrecktes Opfer allein lassen und zu dem nächsten Laden weiterziehen, um dieses Spiel den ganzen Tag lang fortzuführen.

Als er in der Badewanne lag, schmerzte sein Körper immer noch von den Schlägen, die er abbekommen hatte, weil er sich ein paar Unterwelt-Typen auf die falsche Art und Weise genähert hatte. Früher, als die Quelle, hatte er keine Probleme gehabt, einfach in eine Dämonenhorde hineinzustiefeln und seinen Einfluss geltend zu machen, um Informationen zu bekommen. Auch als Cole Turner, der mit mehr Macht aus dem Dämonenreich zurückgekehrt war, als er gebrauchen konnte, oder als Anwalt – vielleicht die Furcht erregendste Möglichkeit von allen – hätten ihm aufgeblasene Sprüche und Wagemut genügt, um die Sache durchzuziehen. Aber nun fühlte er sich machtlos, und seine Menschlichkeit und Sterblichkeit waren ihm anzusehen, wie sehr er sie auch zu verbergen suchte.

Was er für das Treffen am Abend brauchte, war Macht. Rohe, unbarmherzige Macht.

Zum Glück wusste er, wo er die bekommen konnte.

Seufzend trocknete er sich ab und kehrte zu den alltäglichen Dingen des Lebens im Jahre 1942 zurück, und weil das alles neu für ihn war, fand er es zunächst sogar aufregend.

Dieses Gefühl verflog jedoch rasch wieder.

Er brauchte eine Weile, bis er darauf kam, was er mit dem »Zahnpulver« anstellen sollte, und es warteten noch mehr Herausforderungen auf ihn.

Er blickte auf die Abstellfläche am Waschbecken. *Zip-Deospray*, *Zincora-Mundwasser* ... Aus irgendeinem Grund mögen die Leute Namen mit »Z«, dachte Cole, aber ihm verging das Grinsen rasch wieder, als er sich versehentlich etwas von dem Deo ins Gesicht sprühte, das höllisch in den Augen brannte. Und kaum hatte er das Mundwasser im Mund, spuckte er es wieder aus, weil es total scharf und penetrant schmeckte.

»Da kann ich ja gleich mit Scotch gurgeln!«, rief er entnervt. Nun war er wirklich hellwach.

Er ging zum Kleiderschrank und holte die Klamotten für den Tag heraus. Er wählte einen hellgrau gestreiften Flanell-Zweireiher von *Finchley 5th Avenue* und dazu ein sauberes, frisch gebügeltes weißes Baumwollhemd. Die Krawatte, die er sich aussuchte, hatte ein grau-beiges Art-déco-Muster. Er nahm graue Schuhe vom Regal und vervollkommnete das Ensemble mit einem eleganten grauen Hut. Nachdem er die Kleidungsstücke auf dem Bett abgelegt hatte, nahm er die nächste seiner vielfältigen profanen Aufgaben in Angriff. Es dauerte nicht lange, da schrie er auf, als er sich beim Rasieren schnitt.

Obwohl er kaum glauben konnte, dass er so etwas überhaupt dachte, wünschte er sich tatsächlich Leo mit seinen Heilkräften herbei. Er war einmal die *Quelle* gewesen, zum Donnerwetter! Was er nun durchmachte war hochgradig beschämend und peinlich für ihn.

Oder vielleicht war es auch nur demütigend – genau die Art von Demütigung, mit der er leben musste, wenn er Phoebe je zurückgewinnen wollte. Er hatte gesagt, es sei seine menschliche Seite, die sie immer noch liebte und sein Handeln bestimmte. Nun gab es nur noch diese menschliche Seite. Also musste er sich beweisen oder die Klappe halten.

Trotzdem, er konnte es nicht fassen, wie viel Arbeit es machte, ein Mensch zu sein!

Schade, dass Phoebe das Angebot, in seinem Zimmer zu schlafen, abgelehnt hatte. Sie hätte ihre wahre Freude daran gehabt, ihn derart am Boden zu sehen.

Er seufzte. Es gab viele Gründe, warum er sie gern bei sich hätte – mehr als sie annahm. Und vor allen Dingen liebte er sie über alles.

Dennoch hatte sie ihn sehr oft in seinem Stolz verletzt, bei vielen Gelegenheiten. Er wollte sie, ja, und er hatte schreckliche Dinge getan. Aber Phoebe neigte dazu, die Details außer Acht zu lassen: zum Beispiel, dass er nur aus dem Grund das Böse in sich aufgenommen hatte und die *Quelle* geworden war, weil er Phoebe und ihre Schwestern retten wollte. Und die ganze Zeit über, als das Böse ein Teil von ihm gewesen war, wäre er es liebend gern wieder losgeworden.

Er konnte Phoebes Feindseligkeit und ihre abschätzige Meinung über ihn wirklich nicht länger ertragen.

»Na ja, wie heißt es doch so schön?«, flüsterte er vor sich hin. »Wenn man nicht kriegen kann, was man will, sollte man sich wenigstens gut amüsieren.«

Als er angezogen war, ging Cole ans Fenster und blickte hinunter auf die Straße.

»Showtime!«, raunte er und betrachtete die ahnungslose Stadt. Er lächelte, als wolle er alles und jeden innerhalb seines Gesichtsfeldes verschlingen.

Und das würde er vielleicht auch tun, in gewisser Weise.

Der Himmel färbte sich blutrot, als Paige den Wasserhahn an der Badewanne in Neds geräumigem Badezimmer aufdrehte. Sie trug einen Morgenmantel aus Seide, den sie sich geliehen hatte, und um den Kopf hatte sie ein elfenbeinfarbenes Handtuch gewickelt. Zwei von Neds Dienern waren bei ihr. Der eine half ihr mit der Temperatur des Badewassers, der andere drehte am Radio und wartete bei jedem Sender, den er einstellte, ob sie Ja oder Nein sagte. Sie war nun schon zum dritten Mal in Neds Haus in den Bergen von Malibu, aber übernachtet hatte sie dort natürlich noch nie. Aber sie hatte erwähnt, wie gern sie ausgedehnte Bäder nahm, und Ned hatte ihr angeboten, den Komfort des Hauses zu nutzen, wann immer ihr danach war. Er war geschäftlich unterwegs, und Paige hatte seinem Butler gesagt, sie wolle ein paar Stunden »ausgiebig plantschen«, während sie auf seine Rückkehr wartete.

Die Badewanne war aus Marmor und Jade; überhaupt sahen das Badezimmer und das ganze Haus aus wie in den alten Filmen, die auf den Nostalgie-Sendern liefen. Große Löwenskulpturen empfingen die Besucher auf der Treppe zur Haustür. Es gab einen Ballsaal, einen Speisesaal, einen riesigen Pool, ein Billardzimmer mit einem kleinen Büro daneben, und ein Arbeitszimmer, das immer abgeschlossen war und das Ned Paige noch nie gezeigt hatte. Sie hatte ein paar Mal versucht hineinzuorben, war aber jedes Mal an magischen Barrieren gescheitert.

Paige tauchte einen Zeh ins warme Badewasser. »Es ist wunderbar!«, rief sie.

Dann blieb sie in eleganter Pose neben der Badewanne stehen und sagte dem zweiten Diener, dass der Jazz-Radiosender, den er eingestellt hatte, goldrichtig war. Als die beiden verschwunden waren, schloss sie die Tür ab, streifte ihren Morgenmantel ab und wickelte das Handtuch vom Kopf. Sie ließ sich in das Badewasser gleiten – ein himmlisches Gefühl! – und hielt die Luft an, als sie mit dem Kopf untertauchte.

Dann kletterte sie wieder aus der Wanne heraus, zog ihren Morgenmantel über und orbte in einem Wirbel aus blauweißem Licht davon.

In ihrem Hotelzimmer tauchte sie wieder auf, wo ihre Garderobe schon für sie bereitlag. Phoebe und Piper waren bereits fertig umgezogen, und Chloe sprang um die beiden herum und richtete hier und da letzte Kleinigkeiten. Die junge Frau zuckte nicht einmal mehr mit der Wimper, wenn sie jemanden orben sah, was sehr angenehm war. Sie hatte das Zeug zu einer richtig guten Hexe.

»Mein Alibi steht«, sagte Paige, warf ihren Morgenmantel ab und versuchte, nicht daran zu denken, was geschah, wenn die bevorstehende Begegnung nicht wie geplant verlief.

Innerhalb kürzester Zeit war sie angezogen und bereit für den Kampf.

Banzaf, der Dämon, der in Menschengestalt Barrish hieß, saß unruhig neben Ned Hawkins in dessen neuem Cadillac. Banzaf hatte die gleichen graublauen Augen wie Hawkins, aber damit hörten die Gemeinsamkeiten auch schon auf. Banzafs Gesicht war olivfarben und mit Pockennarben übersät. Seine Miene war starr und Furcht einflößend, aber wenn er lächelte, sah er aus wie der freundliche Onkel von nebenan.

Ned liebte ihn tatsächlich wie einen Vater, das ließ sich nicht leugnen. Und er legte Wert auf Banzafs Meinung, auch wenn er die Ratschläge des Älteren nicht immer befolgte.

»Das ist vielleicht eine Nummer zu groß für uns«, sagte der Berater nun. Er meinte das Treffen, das er auf Geheiß des Dämons Balthasar organisiert hatte. Interessanterweise war Balthasar nicht einfach herbeigeschimmert, um seinen Wunsch zu äußern, sondern er lief ständig in seiner Tarnung als Cole Turner herum. Das war eine ziemlich beunruhigende Sache. Was hatte Balthasar vor? Würde der dämonische Mörder Ned und die anderen an die Beobachter verraten?

»Ich habe mich wegen der Turner-Gang mal ein bisschen umgehört. Es geht das Gerücht ...«

»Alles nur Gerede«, fiel Ned ihm ins Wort. »Ich glaube nur, was ich sehe.«

»Ich habe Balthasar in Aktion erlebt. Das war nicht sehr schön. Er ist überaus mächtig.«

»Stark genug, um unseren Kräften Widerstand zu leisten?«

»Höchstwahrscheinlich.«

Ned lächelte. »Dann ist es ja gut, dass wir nicht ausschließlich auf sie angewiesen sind, nicht wahr?«

Banzaf nickte, aber er konnte sein Unbehagen nicht abschütteln, als er mit Ned aus dem Wagen stieg und sich zu den anderen Mitgliedern ihrer Dämonengang gesellte, die zu diesem kleinen Treffen zusammengekommen waren.

Als er in die Gasse spähte, in der Cole Turner zu diesem Zeitpunkt auftauchen sollte, entwickelten sich sein Unbehagen und seine Sorge sogar zu einem Gefühl, das der Angst sehr ähnlich war.

In der Mitte der Gasse warteten vier identisch gekleidete Gestalten. Sie trugen schwarze Nadelstreifenanzüge, schmale schwarze Krawatten und schwarze Hüte mit weißem Hutband. Cole war einer von ihnen. Die anderen drei waren die Zauberhaften, verkleidet als harte Kerle – mit der Betonung auf »Kerle«.

Um den Busen zu verbergen, hatten sich die Hexen Stoffstreifen fest um die Rippen gewickelt, und die Gesichter waren mit falschen Bärten und Leberflecken unkenntlich gemacht. Paige war die Vermummteste von den dreien. Sie versteckte sich hinter einem Spitzbart und einer schwarzen Kurzhaarperücke, damit Ned sie nicht erkannte, falls er es schaffte, sich ihnen bis auf ein paar Meter zu nähern – was ihm aber hoffentlich nicht gelang.

»Cole, bist du dir ganz sicher?«, fragte Phoebe. »Wir können immer noch verschwinden.«

Cole grinste. »Komm schon, Phoebs, was kann denn schlimmstenfalls passieren? Hawkins merkt, dass ich ein Mensch bin, packt mich und bringt mich irgendwohin, wo ihr mich nicht findet, und foltert mich tagelang, bevor er mich auf grausame Weise tötet. Das müsste dich doch unheimlich freuen!«

»Sag so etwas nicht! Ich möchte nicht, dass man dir wehtut, Cole. Nicht in diesem Zustand. Ich will einfach nur, dass du verschwindest. Ich will mein Leben ohne dich leben, das ist ein gewaltiger Unterschied.«

»Das sehe ich anders. Ein Leben ohne dich ist für mich nicht lebenswert.« Er wies mit dem Kopf ans Ende der Gasse, wo sich schmuck gekleidete Gestalten versammelten, dann sah er in die andere Richtung. Auch von dort näherten sich welche. »Abgesehen davon ist es zu spät. Wir haben Besuch.«

»Paige könnte uns immer noch rausorben.«

Cole schüttelte den Kopf. »Auf keinen Fall. Ich habe mich schon den ganzen Tag darauf gefreut!«

Ned Hawkins kam näher, und seine Soldaten trotteten hinter ihm her. Er blieb drei Schritte vor Cole stehen und taxierte ihn verächtlich grinsend von Kopf bis Fuß. Dann warf er einen Blick auf die drei Begleiter von Cole.

»Ihr seid zu viert? Ist das alles?«, fragte Ned Hawkins ungläubig. Der ältere Typ, sein Berater, blieb einige Schritte hinter ihm stehen und beäugte das Quartett argwöhnisch.

»Mehr sind gar nicht nötig«, sagte Cole.

»Ich habe ein paar Soldaten mitgebracht. Es gibt mir das Gefühl, dass das Glück auf meiner Seite ist, wenn du verstehst, was ich meine.«

»Wie auch immer.« Cole warf einen Blick nach hinten, in Richtung der verkleideten Zauberhaften. »Meiner Meinung nach braucht man kein Glück, wenn man nur genug Feuerkraft hat.«

Metallgeklapper wurde laut. Cole stellte mit einem raschen Seitenblick fest, dass die Soldaten mit Gewehren bewaffnet waren.

Hawkins gähnte. »Anscheinend sind wir dir auch in dieser Hinsicht überlegen.«

»Also bitte!« Cole warf ihm einen viel sagenden Blick zu, mit dem er sich die Bemerkung »Das soll wohl ein Witz sein« ersparte.

Hawkins wirkte belustigt. »Keine Knarren?«

Cole machte eine Handbewegung, und seine »Truppe« rückte etwas näher. »Ich verlasse mich nicht gern auf Knarren. Und ich brauche sie auch nicht.«

»Schön«, sagte Ned und ließ seinen Blick über Fenster und Dächer schweifen. Ringsum konnten natürlich dutzende von Dämonen im Hinterhalt lauern, die Coles Befehl unterstanden. Aber er machte sich keine allzu großen Sorgen. »Du hast dieses Treffen einberufen. Aus Respekt vor Balthasar bin ich gekommen. Worüber wolltest du nun mit mir sprechen?«

»Ich will etwas von deiner Beute abhaben, ganz einfach«, sagte Cole großspurig. Er hatte zwar auf dieser Zeitreise schon einmal Prügel bezogen, weil er so getan hatte, als sei er noch Balthasar, aber seiner Einschätzung nach war dies sein einziger Trumpf. Nur so hatte er dieses Treffen einfordern können, und nur so hatte er eine Chance, das von diesen übernatürlichen Gangstern zu bekommen, was er haben wollte.

»Was für eine Beute?«, fragte Ned mit unverändert selbstbewusster Miene.

»Also, da wären ... das Damoklesschwert – das richtige, nicht das bildliche ... der Stein von Rosette ... der Speer des Schicksals, um nur einige zu nennen.«

»Du bluffst!«, fuhr Ned auf.

»Aber, aber! Dir sind – natürlich rein zufällig, vermute ich mal – die mächtigsten magischen Objekte der Weltgeschichte in die Hände gefallen ... der Geschichte dieser Welt jedenfalls. Und dir fällt nichts Besseres ein, als sie an den Meistbietenden zu verkaufen. Du hast Glück gehabt, dass ich dahintergekommen bin. Es gibt einige Dämonen da draußen, die hätten dir einfach das Licht ausgepustet und sich genommen, was sie wollen, statt ein Treffen zu vereinbaren und mit dir zu verhandeln. Es ist doch so, wir ähneln uns in vielem. Sicher, ich bin schlauer und sehe besser aus als du, aber ich lasse mich ebenso ungern wie du von der Dämonenhierarchie kleinhalten.«

»Du willst Macht«, flüsterte Ned.

»Du nicht? Ich finde, wir wären klasse Partner. Ich habe die Ideen und die Schlagkraft, und du hast das Talent, Dinge geschehen zu lassen. Aber eins nach dem anderen. Zuerst will ich mir die Artefakte mal ansehen.«

Sie schauten sich in die Augen. Hawkins schwieg nachdenklich, und Cole beobachtete ihn. Dies war der entscheidende Moment. Er hatte überlegt, ob er seinem Argument mit einer kleinen Machtdemonstration der Zauberhaften größere Überzeugungskraft verleihen sollte, aber wie er aus Erfahrung wusste, kam es bei jedem größeren Deal darauf an, wer zuerst blinzelte. Ging er zu energisch vor, ließ ihn das unter Umständen verzweifelt oder ängstlich erscheinen. Nein, das Entscheidende an diesem Bluff war die Zurschaustellung purer Willensstärke. Er musste die Tiefen innerer Finsternis anzapfen, von denen er Phoebe gegenüber behauptet hatte, sie seien schon lange aus seiner Seele verschwunden. Und er musste den Eindruck erwecken, er werde Hawkins nötigenfalls wie ein Insekt zerquetschen und lasse sich nur zum Vergnügen auf dieses Spielchen ein.

Aber war das die Wahrheit? Er liebte Phoebe, und er wollte ihr beweisen, dass er nicht mehr böse war. Konnte er diese Sache wirklich durchziehen?

Dieser Augenblick des Zweifels kam ihn teuer zu stehen. Hawkins trat grinsend zurück und wandte den Blick ab.

»Weißt du was?«, sagte er siegesgewiss, und in seiner Stimme lag ein Hauch von Grausamkeit. »Ich will sehen, mit wem ich es hier wirklich zu tun habe. Zeig mir Balthasar!«

Cole lachte, und sein lässiges Verhalten war weitaus effektiver als jede noch so böse Pose. Aber innerlich wusste er, das Spiel war verloren. Er unternahm einen letzten Täuschungsversuch. »Heutzutage nehme ich nur Dämonengestalt an, wenn ich töten will. Aber an Verlierern wie euch will ich mir nicht die Hände schmutzig machen.«

Die beiden Männer starrten einander in die Augen, dann wandte Ned sich ab.

»Zum Teufel!«, sagte Ned ohne jede Spur von Humor oder Ironie in der Stimme. »Vergesst die Gewehre, das wäre zu einfach. Aber tötet sie alle!«

»Orben oder nicht orben?«, fragte Paige, als die übernatürlichen Gangster angerannt kamen. »Das ist hier die Frage ...«

»Ich würde sagen, wir beenden das Ganze auf der Stelle«,

meinte Phoebe. »Wir müssen Unschuldige schützen, und dazu erledigen wir diese Trottel am besten sofort.«

»Geht in Ordnung«, sagte Cole und holte ein Paar glänzende dreizackige Sai-Gabeln unter seinem Jackett hervor. Er nahm eine in die rechte, die andere in die linke Hand, und plötzlich sprühten sie nur so vor magischer Energie. »Auch wenn ich jetzt ein Mensch bin, kann ich die hier benutzen.«

»Also dann«, sagte Piper und streckte die Hände aus. »Machen wir die Dämonen fertig!«

Mit jeder Hand wies sie auf eine der heranstürmenden Dämonenhorden. Sie feuerte ihre magische Energie ab, aber statt die Dämonen zu vernichten, auf die sie zielte, jagte sie nur zwei Mülltonnen, einen Stapel alte Kisten und die Windschutzscheibe eines Autos in die Luft, das einige Meter von den Dämonen entfernt auf Betonblöcken abgestellt war.

Was um Himmels willen war das? Warum funktionierte ihre Magie nicht richtig?

»Das wird schwieriger, als ich dachte«, bemerkte Piper verärgert. Sie nahm alle Kräfte zusammen und schoss zwei weitere Salven ab – mit ähnlichem Ergebnis. Diesmal regnete es Ziegelsteine, und die Hexen mussten in Deckung hechten, um nicht von den Trümmern getroffen zu werden.

»Das war deine tolle Idee! Tu was!«, schrie Piper Phoebe an.

»Welchen Zauber sie auch immer verwenden – vielleicht schützt er sie nur vor *magischen* Kräften. Mal sehen!« Phoebe ging zu einem Mülleimer, nahm den Deckel ab und schleuderte ihn in Richtung der von Ned angeführten ersten Dämonengruppe.

Unvermittelt kam ein starker Wind auf, erfasste den Mülltonnendeckel und änderte dessen Flugbahn. Einer der Dämonen fing den Deckel mit seinen riesigen Händen auf und drückte ihn grinsend auf die Größe einer Coladose zusammen. Dann legte sich der Wind genauso schnell, wie er gekommen war.

Wie groß war die Wahrscheinlichkeit, dass so etwas zufällig passierte?

»Na super«, sagte Paige entmutigt. »Wir können sie nicht mal bewerfen.«

Cole schwang seine Sai-Gabeln, um sich an das Gewicht zu gewöhnen, nachdem ihre magische Energie aktiviert worden war. Auch in Menschengestalt war er nicht hilflos einem übernatürlichen Gefecht ausgeliefert. Dann feuerte er Blitze auf die Dämonen ab – und musste in Deckung gehen, als die knisternde magische Energie ringsum an den Mauern abprallte und bumerangartig auf ihn selbst und die Zauberhaften zurückgeschossen kam.

»Das wird der kürzeste Machtkampf der Geschichte, wenn wir den Schutzzauber nicht knacken, den sie benutzen. Sieht eine von euch vielleicht einen Gegenstand, von dem ihr Zauber gespeist werden könnte? Irgendwas?«

Nun schlichen die Dämonen langsam um die vier herum. Sie genossen es offenbar, den Gegnern Angst einzujagen, indem sie den Augenblick in die Länge zogen.

Die Zauberhaften hielten Ausschau nach dem magischen Gegenstand, den die Dämonen bei sich haben mussten. Schließlich entdeckte Phoebe etwas. Einer der Dämonen trug ein Amulett mit einem großen, grünen, leuchtenden Kristall in der Mitte.

»Der Dämon mit dem braunen Mantel! Er hat ein Amulett!«, rief Phoebe.

Paige nahm den Dämon ins Visier, konzentrierte sich und sagte: »Amulett!« Sofort orbte das Amulett in ihre Hand.

»Ha, jetzt haben wir den Schutz!«, sagte sie mit tiefer, rauer Stimme. »Ich frage mich nur, wie er funktioniert«, fügte sie leise hinzu.

Bevor jemand antworten konnte, löste sich plötzlich die Feuerleiter von dem Gebäude, vor dem sie stand, und sauste wie das Beil einer Guillotine durch die Luft. Phoebe hechtete auf Paige zu und riss sie zur Seite, aber da kippte die Leiter bereits auf sie. Dabei wurde Paige das Amulett aus der Hand geschlagen. Es flog gegen die Mauer und zerbrach.

»Zumindest hat jetzt keiner mehr magischen Schutz«, bemerkte Phoebe und half Paige auf die Beine.

Ned holte ein anderes Amulett aus der Tasche und murmelte ein paar Worte, die die Zauberhaften nicht verstanden, aber seine Wirkung war nur allzu offensichtlich, denn eine der Mauern in der Gasse wurde lebendig. Aus den Steinen traten riesige dreifingrige Hände hervor, die nach Cole griffen und ihn umklammerten.

Cole saß zwischen Steinen und Mörtel fest. Und die Mauer begann ihn langsam zu zerquetschen. Seine Lungen schrien nach Sauerstoff, und schon bald würden seine Rippen dem Druck nicht mehr standhalten. So hatte er sich sein Ende bestimmt nicht vorgestellt; immerhin war er einmal die *Quelle* gewesen! Er hatte eher an einen großen Abgang gedacht, bei dem er die Frau, die er liebte, in einem Kampf gegen eine überwältigende gegnerische Macht verteidigte. Auf keinen Fall wollte er als menschliches Wesen ohne jede Verteidigungsmöglichkeit von einer Mauer zerquetscht werden.

Piper ließ ihre ganze Wut und Frustration an der Mauer aus und war froh, dass es ihr endlich gelang, etwas in die Luft zu jagen, das tatsächlich auch ihr Angriffsziel gewesen war. Die riesige Hand bröckelte auseinander, und Cole stürzte hustend und keuchend zu Boden.

»Bist du okay?«, fragte Piper.

Cole nickte und rappelte sich auf.

Ned lachte sich kaputt. »Ganz ordentlich«, sagte er. »Nicht schlecht. Alles was fehlt, ist ein bisschen Pech, denn du weißt ja: Je größer einer ist, desto tiefer der Absturz.«

»Praktisch, wenn man es nicht so weit hat«, murmelte Cole.

Ned lächelte und entfesselte einen neuen Zauber. Diesmal wurden die Gitterstäbe vor den Fenstern der Häuser lebendig, rissen sich aus dem Mauerwerk und flogen auf Cole zu. Sie sahen aus wie mit magischer Energie aufgeladene Speere. Cole hob die Sai-Gabeln und wehrte die auf ihn zurasenden Gitterstäbe einen nach dem anderen ab.

Dann war die brüllende Meute der Angreifer auch schon bei ihnen. Phoebe schwebte los und trat nach einem Dämon, der rückwärts in Coles ausgestreckte Sai-Gabeln stürzte. Mit einem Aufschrei ging er in Flammen auf.

»Einer weniger«, rief Phoebe.

»Ja, jetzt sind es nur noch vier- bis fünftausend!«, entgegnete Piper.

»Wir müssen hier rausorben«, sagte Cole. »Sie setzen ihre Kräfte gegen uns ein!«

»Als hätten wir vorher große Chancen gehabt«, knurrte Paige.

Phoebe nickte. Sie hatte einige von Thedas Zauberformeln auswendig gelernt. Eine davon war, zusammen mit den Informationen, die Paige beschafft hatte, in dieser Situation besonders gut zu gebrauchen.

»Verschafft mir noch ein paar Sekunden«, sagte Phoebe und zog sich vor den Angreifern zurück.

»Wir tun unser Bestes«, sagte Piper und ließ ein Auto explodieren, das ein Dämon in ihre Richtung geschleudert hatte. Stoßstangen, Türen und Motorteile schwirrten durch die Luft wie Schrapnelle.

Phoebe sagte den Namenszauber auf, wobei sie Banzafs Namen in die Beschwörungsformel einsetzte. Sobald sie fertig war, wurde Neds Berater ganz starr und seine Augen milchig weiß. Plötzlich spürte Phoebe die Verbindung zu ihm. Er war wie eine Marionette, und sie konnte die Fäden ziehen. Zum Glück hatte der Dämon dem Zauber nichts entgegenzusetzen. Eigentlich merkwürdig: Alle Angriffsversuche von Piper, Paige und Cole waren fehlgeschlagen, aber Phoebe war bereits zweimal erfolgreich gewesen. Sie wollte sich durchaus nicht beschweren, fragte sich jedoch nach dem Grund dafür.

»Banzaf«, befahl sie, »tu mir den Gefallen und erledige ein paar Dämonen, ja?«

Banzaf wandte sich gegen die eigenen Leute, ging wie ein Berserker auf sie los und riss seine erschreckten, verwirrten Mitstreiter in Stücke.

Cole setzte sich derweil mit Hilfe der Sai-Gabeln und seiner Kampfkunst-Kenntnisse gegen die Dämonen zur Wehr, aber Phoebe merkte, wie erschöpft er war. Allzu lange würde er sich nicht mehr gegen die wilde Horde behaupten können.

»Wir müssen uns beeilen!«, rief sie.

Die Zauberhaften fassten sich an den Händen, und Paige war bereit zum Orben – aber sie kam nicht an Cole heran, und den wollten sie auf keinen Fall zurücklassen.

»Banzaf, halt uns diese Kerle hier vom Leib!«, rief Phoebe. »Sofort!«

Ohne zu zögern machte Banzaf kehrt und stürzte sich auf die Dämonen, die Cole in der Zange hatten. Kaum war er befreit, streckte er die Sai-Gabeln aus und feuerte in Richtung seiner Feinde. Banzaf schrie auf, als ein Doppelblitz in seine Brust einschlug, dann explodierte er. Es hagelte feurige Energieklumpen, vor denen alle Reißaus nahmen. Ned und alle anderen noch lebenden Dämonen hörten auf zu kämpfen und starrten Cole schockiert an.

Cole kam stolpernd zu Paige herüber, aber sie zögerte noch, bevor sie losorbte. Ned starrte den Brandfleck auf der Straße an, wo zuvor sein Mentor gestanden hatte. Mit schmerzerfülltem Gesicht kniete er auf dem Boden und sein Kummer war ihm deutlich anzusehen. Langsam erhob er sich, zog seinen Mantel zurecht und klopfte den Staub von den Hosenbeinen. Dann zeigte er auf Cole.

»Du kannst dir gar nicht vorstellen, wie ich mich dafür an dir rächen werde!«

In diesem Augenblick orbte Paige sie zurück ins Hotelzimmer. Alle vier brauchten einen Augenblick, bis sie begriffen, dass sie das Gemetzel tatsächlich hinter sich gelassen hatten.

»Ich muss schnell wieder zurück, damit ich da bin, wenn Ned kommt«, sagte Paige, riss sich die Männerkleider vom Leib, entfernte den falschen Bart und wusch sich das Gesicht, bevor sie in ihren Morgenmantel schlüpfte. Dann orbte sie ohne ein weiteres Wort zurück in das Haus von Hawkins, zog den Morgenmantel aus und sprang in das mittlerweile eiskalte Badewasser.

Die Abkühlung war genau das, was sie brauchte. Wir haben nichts Böses getan, sagte sie sich. Ned ist böse. Er muss gestoppt werden.

Dennoch überlief sie ein kalter Schauer, der nicht vom Badewasser herrührte.

Sie wusste, wie weh der erlittene Verlust Ned tat. Und dieses Wissen versetzte ihr im tiefsten Innern einen schmerzhaften Stich.

10

»WAS MACHST DU DENN HIER?«

Paige stand neben dem grünen Tisch in Neds feudalem Billardzimmer, stemmte die Hände in die Hüften und riss überrascht die Augen auf. Ihre Haare waren noch nass. »Wir hatten eine Verabredung, schon vergessen? Ich bin früher gekommen, um ein Bad zu nehmen, und warte schon eine ganze Weile auf dich.«

Ned starrte sie an. In seinem Gesicht zeichneten sich Verwunderung, Verzweiflung, Hoffnung und Trauer zugleich ab; ein ganzes Kaleidoskop widersprüchlicher Gefühle. Er sah aus wie jemand, der seinen besten Freund verloren hatte.

»Alles in Ordnung?«, fragte Paige.

Er sah sie traurig an. »Du wirst Barrish niemals persönlich kennen lernen.«

»Was ist passiert?«

Ned zögerte. Er war *fast* bereit, es ihr zu sagen. Paige spürte deutlich, dass er drauf und dran war, ihr alles anzuvertrauen, die Wahrheit über sein dämonisches Wesen und die Ereignisse des Abends.

»Es ist etwas Schlimmes passiert«, sagte er leise.

»Oh, mein Schatz, das tut mir Leid«, entgegnete Paige, trat zu ihm und legte die Hände an seine Brust. »Möchtest du darüber reden?«

»Nein«, antwortete Ned, griff nach ihren Händen und drückte sie sanft. Angesichts seiner Stärke wirkte diese Geste überraschend zärtlich.

Paige war erstaunt darüber, wie sehr Ned sie anrührte. Sie wollte so gern seine Schmerzen lindern! Als sie ihm in die Augen schaute, sah sie es erneut: das Verlangen, sich ihr vollkommen zu offenbaren und alles in Ordnung zu bringen, damit es keine Geheimnisse mehr zwischen ihnen gab.

Paige hätte eigentlich begeistert sein müssen. Sie war Ned tatsächlich näher gekommen; so nah, dass sie in Erfahrung bringen konnte, wie der ganze Schicksalsdämonenclan zu vernichten war und wo sie die magischen Artefakte versteckten, von denen wahrscheinlich mindestens eines die nötige Energie mitbrachte, um die Zauberhaften wieder in ihre Zeit zurückbringen zu können.

Aber Paige hatte Mitleid mit Ned. Wenn sie sich gerade erst begegnet wären und sie nichts über ihn wüsste, hätte sie ihn für einen guten Menschen gehalten. Für einen, der lediglich auf der falschen Fährte war, weil man ihm eintrichterte, dass er keine andere Wahl hatte, und der tat, was er für richtig hielt, weil ihm nie jemand andere Möglichkeiten aufgezeigt hatte, obwohl er im Grunde ein guter Mensch war – zumindest vom Potenzial her.

Komm schon, Paige, er ist kein Mensch, sondern ein Dämon, einer von den Bösen!, dachte sie und es lief ihr kalt über den Rücken.

»Kann ich irgendetwas für dich tun?«

Ned sah fort. »Ich glaube, ich muss ... ich muss mich um ein paar geschäftliche Angelegenheiten kümmern. Ein bisschen arbeiten. Dann geht es mir besser.«

»Ich verstehe«, sagte Paige erleichtert, aber sie war innerlich hin- und hergerissen. Sie wollte ihn trösten – und sie wollte das Böse in ihm und seinen ganzen Clan vernichtet sehen.

Ned küsste sie, und seine Lippen waren kalt; so eisig kalt, dass sie sich fast glühend heiß anfühlten. Paige hatte das Gefühl, ihr Herz explodiere mit der Wucht einer Supernova.

»Gute Nacht, Penny«, sagte Ned sanft und wandte sich ab. Paige blieb zitternd stehen. Er ging auf sein Arbeitszimmer zu, schloss die Tür auf, ging in den dunklen Raum und machte die Tür hinter sich zu.

Er schloss jedoch nicht ab, wie Paige bemerkte, die erst einmal ihre Gefühle zur Ordnung rufen musste. Das gehört alles zu Undercover-Aktionen dazu, schimpfte sie mit sich selbst. Sieht man doch ständig im Fernsehen und im Kino!

Das Feuer brennt hell, und man wird wie magisch davon angezogen.

War es bei Phoebe und Cole genauso gewesen?

Paige wartete darauf, dass ihr einer der Diener den Mantel brachte, aber der ältere Mann erschien ohne ihn und wirkte sehr aufgeregt.

»Ist Mr Hawkins in seinem Arbeitszimmer?«, fragte er.

Paige nickte. Der Diener klopfte an die Tür und rief Ned zu, er habe einen wichtigen Anruf aus Übersee. Die Tür ging auf, und Ned sah Paige überrascht an.

»Ich finde selbst nach draußen, kein Problem«, sagte sie.

Mit einem schmalen Lächeln im Gesicht machte er die Tür hinter sich zu, schloss aber *nicht* ab. Paige hatte Mühe, gelassen zu bleiben.

»Ich habe Ihren Mantel in der Garderobe«, sagte der Diener zu Paige. »Kommen Sie doch bitte mit!«

Paige folgte den beiden Männern in die Eingangshalle. Ned ließ sie einfach stehen, nachdem er ganz leicht ihre Hand gestreift hatte – ein elektrisierend erregendes Gefühl –, und verschwand.

Draußen wartete einer von Neds Fahrern in einem schwarzen Cadillac, dessen Motorhaube im Mondlicht glänzte. Der kräftig gebaute Mann stieg aus, um die Beifahrertür zu öffnen, und Paige ging freundlich auf ihn zu.

»Petey, würden Sie mir den Gefallen tun und einen von Neds Wagen holen? Vielleicht den neunundzwanziger Ford? Er hat gesagt, ich könnte mir einen ausleihen, wenn ich möchte, und ich habe heute Abend Lust, selbst zu fahren.«

»Selbstverständlich«, sagte der Chauffeur.

Schon nach wenigen Minuten fuhr Paige davon. Als sie einige Meilen hinter sich gebracht hatte und sicher war, dass ihr niemand folgte, hielt sie auf dem Seitenstreifen an, der mit Bäumen und Gebüsch gesäumt war, und stieg aus.

Die Tür zu Neds Arbeitszimmer war stets auf mehrfache Weise verschlossen gewesen. Magische Barrieren hatten Paige bisher daran gehindert hineinzuorben. Aber vielleicht standen diese Barrieren in Verbindung mit dem eigentlichen Schloss der Tür, das Ned zum ersten Mal nicht verriegelt hatte?

Es gab nur eine Möglichkeit, das herauszufinden.

Okay, Paige, dachte sie und straffte die Schultern. Los geht's!

Sie orbte hinein. Innerhalb von zehn Minuten hatte sie sämtliche Akten von Ned durchgeblättert und die Antworten auf fast alle Fragen über ihn, seine Leute und die Artefakte gefunden, mit denen sie handelten.

Cole hatte Recht gehabt. Ned war an einer Sache beteiligt, die vermutlich eine Nummer zu groß für ihn war.

Nun war für sie nur noch eine Frage offen: Was würde mit Ned geschehen, wenn sie ihm die Artefakte weggenommen und seine Pläne zunichte gemacht hatten? Oscar und sein Filmstudio wären gerettet, Ned und seine Leute hingegen ruiniert.

Falls sie und ihre Schwestern sich nicht doch noch gezwungen sahen, sie zu vernichten.

Als Paige plötzlich Geräusche vor der Tür hörte, orbte sie davon.

Mitten in der Nacht schreckte sie aus dem Schlaf auf und fragte sich, ob sie die kleine Schreibtischlampe wieder ausgeschaltet hatte, die sie angeknipst hatte, um Neds vertrauliche Unterlagen zu lesen. »Ich bin doch paranoid!«, schimpfte sie. »Natürlich habe ich die Lampe ausgeschaltet!«

Aber sie irrte sich.

Piper konnte es selbst nicht glauben, aber sie stand schon wieder vor der *Hollywood Canteen*. Diesmal versuchte sie nicht, durch den Eingang hineinzugelangen, vor dem sich auch an diesem Abend fröhliche Soldaten und Horden attraktiver Frauen tummelten, sondern ging gleich zum Hintereingang. Sie hatte einige Päckchen von *Schwab's* im Arm und hoffte wider alle Hoffnung, dass sie ihr den Eintritt ermöglichen würden.

Sie trug ein unauffälliges Outfit, denn ihre »Geheimwaffe« für den Abend hatte sie in der untersten Schachtel versteckt.

Zwei bullige Wachmänner standen an der Hintertür.

»Lieferung von *Schwab's*«, sagte Piper. Hoffentlich merkte man ihr nicht an, wie aufgeregt sie war! Was sie tat, war verrückt, und sie hätte besser auf der Stelle kehrtgemacht.

»Geben Sie's her«, sagte einer der Männer und streckte die großen Hände aus.

»Tut mir Leid, Kollege. Ich bin von der Küche. Das gehört zur Abmachung.«

Die beiden Männer sahen sich verwundert an.

»Ich habe alle Zutaten für ein besonderes Dessert für die Jungs dabei, aber mein Boss will nicht, dass jemand das Rezept spitzkriegt«, flunkerte Piper. »Also muss ich rein, mir schnell ein freies Plätzchen suchen und mich mit der Zubereitung ranhalten, wenn ich rechtzeitig fertig werden will.«

Die Männer wirkten unentschlossen und noch nicht recht überzeugt.

»Gut«, sagte Piper und zuckte mit den Schultern. »Dann eben nicht! Wie heißen Sie?«

Ohne zu zögern nannten ihr die beiden Männer ihre Namen.

»Prima! Dann kann ich meinem Boss wenigstens sagen, wer schuld daran ist, dass Mr Garfield in seinem eigenen Klub nicht sein Lieblingsdessert bekommt!«

Die beiden Männer schnappten nach Luft. Sie sahen sich wieder an, diesmal besorgt, wichen wortlos auseinander und öffneten Piper die Tür.

»Danke, Leute«, sagte sie. »Ihr seid wirklich klasse. Das werde ich dem Boss ganz bestimmt sagen.«

Als sie sich noch einmal zu ihnen umdrehte, strahlten die beiden.

»Hast du das gehört?«, fragte der eine den anderen.

»Allerdings«, entgegnete der Kollege. »Vielleicht lernen

wir ja endlich mal Lana Turner oder irgendeine andere Berühmtheit kennen!«

Piper hörte, wie die Tür hinter ihr ins Schloss fiel, als sie die riesige Küche betrat. Es herrschte Hochbetrieb, genau wie sie vermutet hatte. Keiner nahm Notiz von ihr, als sie die mitgebrachten Päckchen auf ein Regal stellte und sich eine der Schachteln unter den Arm klemmte.

Ein ruhiges Plätzchen zum Umziehen zu finden war ziemlich einfach. Piper zog sich das aufreizende schwarze Kleid an, das sie mitgebracht hatte, schlüpfte durch die Küchentür, wobei sie beinahe mit einem hektischen Kellner zusammenstieß, und stolzierte auf die Tanzfläche. Plötzlich kam ein Mann in einer hellbraunen Uniform zu ihr. Er hatte ein pickeliges Gesicht und war dünn und total nervös.

»Was machen Sie denn heute Abend Schönes?«, fragte der Soldat und grinste ein wenig zu breit, als er die Hand hob, um sich mit den Fingern durchs Haar zu fahren. Aber es gab nur kurze Stoppeln auf seinem Schädel, da war nichts mehr in Form zu bringen.

»Etwas ganz Blödes«, antwortete Piper mit einem Seufzen. »Ich suche jemanden.«

Der Soldat nahm Haltung an. »Gefreiter Michael J. O'Malley, zu Ihren Diensten, Madam! Möchten Sie tanzen?«

»Nein, ich meine, jemand Bestimmtes.«

»Oh!«, machte der Gefreite O'Malley. »Wie heißt sie? Wie sieht sie aus? Vielleicht kann ich Ihnen helfen.«

»Es ist keine sie.«

Er ließ entmutigt die Schultern hängen. »Oh.«

Piper sah den Soldaten an. Er war so jung, eigentlich noch ein Kind. Aber es waren Männer wie er gewesen, die so tapfer für eine freie Welt gekämpft und ihr Leben geopfert hatten.

Piper war es als Hexe verboten, ihre Kräfte zu ihrem persönlichen Nutzen einzusetzen. Das wurde in der Regel immer bestraft. Aber an diesem Abend wollte sie auch gar keine Magie einsetzen, um ihr Ziel zu erreichen. Und es war ihr auch bewusst, wie gefährlich es war, in den Lauf der

Dinge einzugreifen. Leo musste nach Europa, und es war ihm bestimmt, als Militärarzt im Krieg zu fallen. Mit diesem Einsatz und den vielen anderen selbstlosen Taten, die er in seinem Leben vollbracht hatte, verdiente er sich die Beförderung zum Wächter des Lichts. Wenn sie ihn vorwarnte, was geschehen würde, wenn sie ihn dazu brachte, auch nur eine Kleinigkeit anders zu machen, damit er nicht im Krieg umkam, wie würde sich das auf ihrer aller Leben auswirken? Und auf die Leben derjenigen, denen er über die Jahrzehnte als Wächter des Lichts geholfen hatte?

»Miss?«, fragte O'Malley besorgt.

»Tut mir Leid«, sagte Piper, die plötzlich weiche Knie bekam. Der junge Gefreite bot ihr seinen Arm und führte sie zu einem Tisch, wo er ihr ein Glas kaltes Wasser reichte.

Piper nahm es dankbar entgegen. Sie war noch ganz benommen von ihren haarsträubenden Überlegungen. Dennoch, wenn sie Leo nur einmal sehen könnte, wie er gewesen war, jung und lebendig, wenn sie ihn nur einmal berühren und einmal mit ihm tanzen könnte ...

Es war falsch. Sie wusste, es war falsch.

»Ich hoffe, ich habe Sie nicht irgendwie verärgert«, sagte der Gefreite.

»Nein, bestimmt nicht«, entgegnete Piper und ließ ihren Blick über die Tanzfläche mit den fröhlichen Paaren, die Band und die Soldaten an den Tischen schweifen.

Vielleicht war Leo dabei – vielleicht auch nicht. Beim letzten Mal hatte sie einen Mann aus seiner Einheit kennen gelernt, und es hatte sich so angehört, als hätte Leo diesen Klub bereits besucht. Je länger sie darüber nachdachte, umso klarer wurde ihr alles: Sie waren in dieser Zeit und an diesem Ort gelandet, weil Leo sich hier sicher gefühlt hatte. Am nächsten Tag würde seine Einheit an Bord gehen. Warum sollte er nicht einen letzten Abend mit seinen Kumpels in der *Hollywood Canteen* verbringen?

Die Band hörte auf zu spielen. Piper hatte der Musik nicht viel Aufmerksamkeit gewidmet, hörte jedoch, wie der Bandleader mit einem anderen Musiker sprach. Sie wollten eine Pause machen. Gut. Das machte es leichter für sie, sich umzusehen und vielleicht einen Blick ...

Piper klammerte sich an die Tischplatte und stellte ihr Wasserglas ab. Da war er!

Leo ging mit ein paar Soldaten auf den Ausgang zu. Sie lachten und klopften sich gegenseitig auf die Schulter... und doch lag ein Hauch von Traurigkeit in Leos Augen. Piper war sehr weit von ihm entfernt und konnte ihn nicht gut genug sehen, um beurteilen zu können, ob sie seinen Gesichtsausdruck richtig deutete. Ihre Einschätzung entsprang eher ihrem Gefühl.

Er war nicht der Leo, den sie kannte. Nicht ganz. Sein Mut und seine Stärke waren da, aber er strahlte nicht diese unerschütterliche Zuversicht aus, die sie von ihm gewohnt war. Irgendetwas fehlte.

Plötzlich war Piper alles klar. Sie wusste ganz genau, warum es sie an diesen Ort gezogen hatte, warum sie Leo sehen *musste*, bevor er nach Europa ging.

Es bestand die Möglichkeit, dass sie und ihre Schwestern versagten und nie in ihre Zeit würden zurückkehren können. Wenn das geschah, war dies ihre letzte Chance, ihn noch einmal zu sehen.

»Dieses Lied«, murmelte sie. »Es wurde erst 1944 aufgenommen, aber Leo sagt, er hat es zum ersten Mal gehört, bevor er aufs Schiff ging.«

»Wie bitte?«, fragte der Gefreite neben ihr.

Diesmal gab es kein Zögern. Piper sprang auf, lief zum Mikrofon und begann das Lied zu singen, aus dem Leo so viel Trost und Hoffnung geschöpft hatte.

»*Gonna take a sentimental journey*«, sang sie. »*Gonna set my heart at ease ...*«

Alle Gäste im Klub drehten sich zu ihr um, und ein Scheinwerfer wurde auf sie gerichtet. Piper hatte keine Angst. Leo hatte ihnen die Kraft gegeben, so viele Dinge zu tun, die sie nie für möglich gehalten hätten, und dies nur, weil er so sehr an sie glaubte; weil seine Hoffnung und sein Vertrauen in sie unerschütterlich waren. Deshalb hatte Piper an diesen Ort kommen müssen! Es war ihr Geschenk für Leo, und sie war es ihm schuldig. Auf diese Weise schloss sich der Kreis ihrer Liebe.

»*Seven ... that's the time we leave, at seven*«, sang sie, und nahm Leo in dem grellen Licht, das auf sie gerichtet war, nur noch als verschwommene Gestalt wahr. »*I'll be waitin' up at heaven ...*«

Es spielte keine Rolle, dass sie ihn nicht sehen konnte. Sie hatte die Gewissheit, dass ihre Worte und ihre Stimme ihn in den kommenden Tagen begleiteten und ihm sogar im Leben nach dem Tode erhalten blieben, wenn er auf die Erde zurückkehrte, um seine Schützlinge zu leiten. Was auch geschah, ein Teil von ihr würde immer bei ihm sein, und ein Teil von ihm bei ihr.

Sie sang aus ganzem Herzen.

11

COLE LIEF WIE EIN EINGESPERRTES TIER in dem Haus von Penny Day Matthews auf und ab. Es war der Abend der großen Party für den Film, den *Osiris* mit Paige gemacht hatte, und wenn der Plan aufging, den sie mit den von Paige beschafften neuen Informationen ausgeheckt hatten, sollte es ihr letzter Abend im Jahre 1942 werden.

In den Tagen nach der »Verhandlung« mit Hawkins, die so furchtbar schief gelaufen war, hatte Cole keine andere Wahl gehabt als sich klein zu machen. Er war ein Mensch und dadurch verwundbarer als je zuvor. Er hatte abtauchen müssen, jedenfalls nach Einschätzung der drei Zauberhaften.

Natürlich bestand dabei ein gewisses Risiko. Ned hatte Paige bereits einige Male an dem billigen, abgelegenen Bungalow abgesetzt, in dem Penny in den vergangenen Monaten gewohnt hatte. Aber er hatte sich immer wie ein Gentleman verhalten und sie nur bis zur Tür gebracht, ohne es darauf anzulegen, von ihr hereingebeten zu werden. In Anbetracht des Verlusts, den Hawkins kürzlich erlitten hatte, erschien es eher unwahrscheinlich, dass er Lust auf eine Hausbesichtigung hatte. Und das machte diese Räume zu einem sicheren Versteck.

Cole hörte ein Geräusch im Wohnzimmer und sah auf die Uhr. Es war kurz nach acht. Piper und Paige waren bereits wieder weggeorbt, nachdem sie ihm rasch sein Essen vorbeigebracht und ihn über ihre Fortschritte informiert hatten. War etwas schief gegangen?

Brauchten sie ihn?

Er flitzte ins Wohnzimmer, wo ihn Ned und vier seiner Schläger erwarteten.

Es gab keine Drohungen. Die Sache war ohnehin klar. Zwei weitere Dämonen schimmerten herein und packten Cole von hinten, während Ned ihn mit einem kalten, unbarmherzigen Blick taxierte.

Es gab nur eine Möglichkeit, wie Cole sich retten konnte. Phoebes eindringlichen Bitten zum Trotz hatte er den Bungalow zweimal verlassen, und es war ihm gelungen, sich ein gewisses Etwas zu besorgen, das ihm hoffentlich im Kampf gegen die unschlagbar anmutenden Schicksalsdämonen gute Dienste leistete. Aber wenn er seinen Trumpf sofort ausspielte, nahm er unter Umständen seiner Liebsten und ihren Schwestern alle Chancen, Hawkins zu besiegen.

Er leistete keine Gegenwehr. Zwei Dämonen hielten ihn fest, während zwei andere ihm heftige Schläge ins Gesicht verpassten, dann Hiebe und Tritte in den Bauch. Als er zusammensackte, ließen sie ihn fallen.

Auch als sich die stahlverstärkte Spitze eines Dämonenschuhs seinem Kopf näherte, blieb Cole bei seiner Taktik, denn wenn Hawkins es geschafft hatte, ihn aufzuspüren, war er auch Phoebe und den beiden anderen Zauberhaften auf der Spur. Coles einzige, verzweifelte Hoffnung bestand darin, dass Hawkins warten würde, bis sie alle vier zusammen waren, um sich für die Ermordung seines Mentors zu rächen.

Als der Schuh ihn traf, sah Cole Sterne und ihm wurde schwarz vor Augen. Er konnte nur beten, dass er das Richtige getan hatte und ihnen im Kampf gegen diese Kerle doch noch ein bisschen Glück vergönnt sein würde.

Dann sank er bewusstlos zu Boden.

Nach einigen Stunden ging die Party dem Ende entgegen. Paige hatte sich gut amüsiert und mit dutzenden von Leuten gesprochen, die sich um das zum Teil schon abgebaute Set in der Halle tummelten, in der die jüngste Produktion von *Osiris* gedreht worden war.

Die meisten hatten Champagnergläser in der Hand, die sie nun erhoben, denn Oscar brachte einen Toast auf die Zukunft seiner Firma aus. Es war ruhiger geworden; die Leute hatten genug gegessen, getrunken und getanzt. Sie kamen einer nach dem anderen zu Oscar, um ihm zu sagen, wie sehr sie die Arbeit mit ihm genossen hatten, und dass sie darauf hofften, in naher Zukunft wieder bei ihm arbeiten zu können. Außer Paige hatte Oscar auch einigen anderen angeboten, an der internationalen Präsentationstour mitzuwirken, und diese Leute begegneten Oscar ganz anders, viel sorgloser. Natürlich: Sie wussten, wo ihre nächste Mahlzeit herkam, die anderen nicht. Es war eine seltsame, bittersüße Stimmung; eine Siegesfeier mit einem Schuss Wehmut.

Freddy war gar nicht erst aufgetaucht, und das war allen recht. Er hatte am Vortag seine letzte Szene gedreht und war – wie man es von ihm kannte – verschwunden, ohne sich bei irgendjemandem zu bedanken.

Als Paige beobachtete, wie die Leute sich von Oscar verabschiedeten, bekam sie ein schlechtes Gewissen. Sie hatte ein Angebot bekommen, für das andere einen Mord begehen würden, und sie musste es ablehnen. Sie musste Nein sagen, aber sie durfte Oscar nicht erklären warum.

Und so stand sie mitten unter den Leuten und genoss den Abend, verspürte aber gleichzeitig auch eine gewisse Traurigkeit. Sprüche wie »In jedem Ende liegt ein Anfang« gingen ihr durch den Kopf, aber die waren ihr kein großer Trost. Sie würde die neu gewonnenen Freunde in der Produktionsfirma wirklich sehr vermissen.

Chloe kam mit großen, traurigen Rehaugen zu ihr. Paige umarmte sie und sagte: »Mach dir keine Sorgen. Alles wird gut.«

Oscar nahm Chloe mit auf seine Europa-Mission, und die Zauberhaften waren davon überzeugt, Hawkins noch in dieser Nacht das Handwerk legen zu können.

Chloe wollte den Blick nicht von Paige losreißen, die lächelte und einen Charme versprühte, als sei sie fürs Scheinwerferlicht geboren.

»Ich werde euch nie mehr wieder sehen, nicht wahr?«, fragte Chloe.

Paige wollte sie nicht belügen. »Nein, Süße, ich glaube nicht.«

Sie umarmte Chloe noch einmal, dann sah sie ihr hinterher, wie sie zu Oscar lief und ihm einen Kuss auf die Wange gab. Chloe drehte sich noch ein letztes Mal zu Paige um, lächelte ihr zu und ging aus der Halle.

Oscar ließ den Korken der letzten Champagnerflasche knallen. Paige, die in diesem Augenblick zu ihm herüberkam, wich rasch zurück und lachte, als die perlende Flüssigkeit ihr entgegenspritzte. Zum Glück bekam ihr hübsches rotes, trägerloses Kleid nichts ab.

Paige sah Oscar in die Augen. »Sie werden mir fehlen«, sagte sie leise.

Er sah sie überrascht an. Paige hatte noch nicht kundgetan, ob sie bei seinem Übersee-Abenteuer mit von der Partie sein würde oder nicht, aber alle waren davon ausgegangen, dass sie mitkam.

»Sie lehnen mein Angebot ab?«

»Es tut mir Leid«, entgegnete sie. »Ich muss mich um eine dringende Familienangelegenheit kümmern, die Sache duldet keinen Aufschub. Aber keine Sorge, ich habe ein Telegramm an eine Freundin geschickt, und sie wird für mich einspringen. Sie heißt Theda McFey. Ich hoffe, Sie haben schon von ihr gehört.«

Als Paige Thedas Name nannte, leuchtete das Gesicht des Studiobesitzers auf. »Allerdings. Ich habe ihr in der Vergangenheit auch schon Rollen angeboten. Theda wird ihren Job sehr gut machen, da bin ich ganz sicher. Aber Sie werden mir trotzdem fehlen.«

Paige stiegen die Tränen in die Augen, als sie Oscar umarmte. Dann merkte sie, dass Ned sie von der gegenüberliegenden Seite der Halle aus beobachtete. Sie gab Oscar einen Kuss auf die Wange, dann ging sie zu Ned.

»Tut mir Leid, dass ich nicht früher kommen konnte. Mir ist etwas dazwischen gekommen.«

»Ist schon okay«, entgegnete sie und sah noch einmal in Oscars Richtung, bevor sie Ned ihre Aufmerksamkeit schenkte.

»Ich möchte dir etwas sagen«, erklärte er sanft. »Wir hatten doch eine Abmachung – ich sollte es mit Oscar ruhig angehen lassen.«

»Hm-hm.«

»Nun, das habe ich nicht getan.«

Paige erstarrte.

»Ich habe mir etwas Besseres überlegt und eine andere Lösung für die Sache gefunden, für die ich Oscars Hilfe in Anspruch nehmen wollte.«

»Wirklich?«, fragte Paige. Was Ned sagte, deckte sich auf gewisse Weise mit den Informationen, die sie in seinem Arbeitszimmer gefunden hatte ... und doch war es komplett gelogen.

»Du bedeutest mir alles«, sagte er und es klang aufrichtig. Er sah sie zärtlich an. »In dieser Woche musste ich mich von jemandem verabschieden, der sehr wichtig für mich war. Das möchte ich kein zweites Mal erleben.«

Wow, dachte Paige. Er meint, was er sagt. Auf seine Art ist er ehrlich.

»Gehen wir noch aus?«, fragte Ned und bot ihr seinen Arm an. »Der Abend ist noch jung. Ich kenne ein Bistro in der Stadt, das gerade aufgemacht hat. Es würde dir gefallen. Oder wir gehen tanzen. Ich weiß, du tanzt gern.«

Paige ließ sich von ihm nach draußen führen. Als sie zu seinem blitzblanken schwarzen Cadillac gingen, wehte ihnen eine kühle Brise entgegen. Paige war völlig klar, wie sie diese Szene spielen musste, aber sie konnte der Versuchung nicht widerstehen, ihren Text ein wenig abzuändern.

»Dann hast du also heute nichts mehr zu tun?«, fragte sie, und das Herz schlug ihr bis zum Halse. »Du hast tatsächlich die ganze Nacht frei?«

»Die ganze Nacht«, antwortete Ned ohne zu zögern und sah ihr in die Augen. Aus seinem Blick sprach ... vielleicht so etwas wie Liebe.

Nun schien alles nur noch von ihr abzuhängen. Paige wusste ganz genau, was bei Ned in dieser Nacht auf dem Programm stand. Wenn er bereit war, ihretwegen seine Pläne zu ändern, bestand dann vielleicht die Hoffnung, dass er eines Tages vom Bösen erlöst werden konnte?

Aber was war mit ihren Schwestern?

»Ich glaube, wir verschieben das besser auf ein andermal«, sagte sie und küsste ihn auf die Wange. »Tut mir Leid.«

Ned zog sie an sich und flüsterte: »Nein, *mir* tut es Leid. Es heißt doch, das Glück sei launisch wie eine Frau, nicht wahr? Ich glaube, mir ist es nicht mehr hold.«

Er machte sich von ihr los und stieg traurig lächelnd in seinen Cadillac.

Paige sah dem Wagen nach, dann drehte sie sich um und eilte in den dunklen Korridor eines Gebäudes auf der anderen Straßenseite. Piper war bereits da, und Phoebe kam ein paar Minuten später dazu.

Schweigend warteten sie in der Dunkelheit und beobachteten, wie die Partygäste das Studio verließen. Als Paige sicher war, dass sich niemand mehr in der Halle aufhielt, nahm sie ihre Schwestern bei den Händen und orbte mit ihnen hinein.

Piper sah auf ihre Uhr, in der sich das Mondlicht spiegelte, das durch eines der hohen Fenster hereinfiel. »Es ist gleich so weit!«

Sie bezogen ihre Positionen und warteten.

Zehn Minuten später ging quietschend das große Tor auf, und Schritte hallten durch das Studio. Eine kleine Gruppe Leute kam herein. Taschenlampen wurden eingeschaltet.

Es waren Ned und seine Männer. Paige erkannte auch den Mann, der sie hereinführte: Tom Phillips, der Requisiteur, der Oscar auf seiner Reise begleiten sollte. Neds Männer trugen schwere Kisten herein, die sie vorsichtig abstellten und öffneten. In der Zwischenzeit holte Tom einen Handkarren voller Kartons mit Requisiten herein, die für die Europareise benötigt wurden. Es gab kurze und lange Schwerter für den geplanten Monumentalfilm in Ägypten, Schmuck und Kettenanhänger aller Art für einen Film, der im Londoner Buckingham

Palace spielte, und weitere Gegenstände, die sich hervorragend als Austauschobjekte für Neds Artefakte eigneten.

Natürlich hatte er aufgehört, Oscar zu bedrängen. Warum sollte er sich damit abmühen, den Chef auf seine Seite zu ziehen, wenn er sein Ziel auch viel bequemer erreichen konnte, indem er einfach den Requisiteur für sich gewann?

Die Zauberhaften brauchten nichts anderes zu tun, als in ihren Verstecken zu bleiben und aufmerksam zu beobachten, welche Requisiten entfernt und durch Gegenstände ersetzt wurden, die Ned mitgebracht hatte. Wenn die Männer wieder weg waren, konnten sie sich die Artefakte einfach holen, ein Taxi rufen (wegen Coles Warnung, dass der Einsatz magischer Kräfte fürchterliche Konsequenzen hatte, wenn man diese unglaublich mächtigen Artefakte bei sich hatte), und die Beute zu Cole bringen. Er hatte behauptet, er wisse, wie man den Objekten genug Energie abzapfen konnte, um alle vier Zeitreisenden sicher nach Hause zu bringen.

Es wäre verrückt, sich noch einmal auf einen Kampf mit Hawkins einzulassen. Nur Phoebe hatte sich gegen ihn zur Wehr setzen können. Die anderen waren eine leichte Beute für die mächtigen Schicksalsdämonen.

Phoebe stupste Piper lächelnd an. »Weißt du was?«, flüsterte sie ihr zu, und ihre weißen Zähne blitzten in der Dunkelheit auf. »Heute Abend bin ich seit Ewigkeiten mal wieder richtig zufrieden.«

»Tatsächlich?«, sagte jemand hinter ihr. Die zwei Hexen sprangen auf, aber da wurden sie schon von Hawkins Männern gepackt. Die Dämonen hielten Piper und Phoebe den Mund zu und zerrten sie ans Licht. Paige war bereits gefangen genommen worden, und Cole lag vor Ned Hawkins auf dem Boden, verletzt und blutverschmiert, stöhnend und fast bewusstlos. Tom, der Requisiteur, war nirgends zu sehen.

Es war eine Falle gewesen.

»Dann wart ihr drei also Cole Turners Truppe, hm?«, sagte Ned nachdenklich. »Das Outfit war klasse, das muss ich schon zugeben.«

»Lass sie in Ruhe!«, krächzte Cole matt.

Ned verpasste ihm einen Tritt in die Rippen und wandte sich an Paige. »Wenn ihr vier nicht auf Banzaf losgegangen wärt, wäre ich wohl niemals drauf gekommen. Aber außer dir habe ich niemandem seinen wahren Namen verraten, und ohne den Namen hättet ihr Hexen ihn niemals vernichten können.«

Paige sah fort, aber auf Anweisung von Ned packte sie einer der Schläger am Kopf und zwang sie, den Dämon anzusehen.

»Ich wollte es zuerst nicht glauben«, sagte Ned traurig. »Deshalb habe ich mein Arbeitszimmer nicht abgeschlossen und die Papiere offen hingelegt. Du hast sogar die Schreibtischlampe brennen lassen, um mich wissen zu lassen, dass du da warst.«

Die Drei versuchten sich loszureißen, als Ned einen spitzen Dolch aus einer der Kisten holte. »Es tut mir sehr Leid«, sagte er. »Was ich vorhin sagte, war ehrlich gemeint. Ich hatte gehofft, du sagst Ja. Ich habe es wirklich gehofft. Natürlich hätte ich meine Männer trotzdem hergeschickt, damit der Austausch über die Bühne geht. Niemand kann seine wahre Natur leugnen. Dämonen sind nun mal böse und machthungrig. Und wir lassen Hexen nicht am Leben.«

Phoebe merkte überrascht, dass sie Cole anstarrte, obwohl Hawkins drauf und dran war, ihrer Halbschwester den Dolch ins Herz zu jagen. Cole bewegte die Lippen. Er wollte ihr etwas sagen. Endlich begriff sie.

Jackentasche.

Sie biss dem Dämon, der sie festhielt, kräftig in die Hand, und es verschlug ihr den Atem, als der seine stinkenden Wurstfinger mit einem wütenden, überraschten Aufschrei wegzog. »Moment!«, schrie sie.

Ned Hawkins sah sie böse an.

»Okay, wir können dich nicht besiegen, das wissen wir. Aber dieser Fiesling da ist mein Ex-Mann«, sagte sie mit Blick auf Cole. »Und wenn es eines gibt, was ich gern sehen würde, bevor ich sterbe, dann ist es sein Gesicht, wenn ich ihm mal so richtig die Zähne einschlage. Komm schon. Was kann das schaden?«

Ein schmales Lächeln huschte über Hawkins blasse, maskengleiche Miene, die er zur Schau trug, seit er Paige mit dem Dolch bedrohte.

»Warum nicht?«, meinte er. »Ich habe ihn nur am Leben gelassen, damit ihr drei seht, dass Gegenwehr zwecklos ist. Und damit ich ihn ganz langsam in Stücke reißen kann ... ich weiß nicht ... im Laufe des nächsten Jahres oder so. Oder bis ich sein Geschrei nicht mehr hören kann. Nur zu!«

Die Dämonen ließen Phoebe los. Zitternd ging sie zu Cole, der sich mühsam aufrappelte und ihr auf wackeligen Beinen entgegentrat.

Er lächelte, und ihm tropfte Blut aus dem Mundwinkel. »Habe ich dir je gesagt, wie wenig ich deine Familie eigentlich leiden kann?«

Phoebe holte aus und verpasste ihm einen krachenden Kinnhaken. Cole flog der Kopf in den Nacken, und er sank wie ein nasser Sack in ihre Arme. Zwei von Hawkins Männern eilten herbei, um ihn von ihr wegzuziehen, aber vorher griff Phoebe noch in seine Jackentasche und holte drei Fläschchen mit einer roten Flüssigkeit heraus.

Zaubertränke.

Benommen sagte Cole: »Tut mir Leid, Phoebs. Du hast mir zwar gesagt, ich soll das Haus nicht verlassen, aber es ging nicht anders. Ich hab' noch 'ne Versicherung für euch drei besorgt.«

»Moment«, sagte Hawkins und betrachtete misstrauisch die drei Fläschchen in Phoebes Hand. Er richtete das Schwert auf sie und rief seinen Männern zu: »Sie darf das auf keinen Fall werfen!«

Phoebe wollte gerade das erste Fläschchen auf Hawkins schleudern, als sie sah, wie Cole fast unmerklich den Kopf schüttelte. Es gab nur drei Fläschchen.

Drei Schwestern.

Keine Zeit für Fragen. Vielleicht liebte sie Cole tatsächlich nicht mehr, und eigentlich wollte sie ihm auch nicht mehr vertrauen, aber in diesem Augenblick blieb ihr keine andere Wahl.

Sie warf das erste Fläschchen unmittelbar vor Paige auf den Boden. Es zersprang, und es stieg ein Nebel auf, der Paige umhüllte. Als Hawkins Männer erschrocken zurückwichen, warf Phoebe ein Fläschchen für Piper und das letzte für sich selbst auf den Boden.

Der Nebel umfing sie, und sie spürte, wie er in ihren Körper und ihre Seele eindrang und sie irgendwie veränderte.

»Was hast du getan?«, fragte Ned und packte Cole am Kragen.

»Das wirst du gleich sehen«, entgegnete Cole. Er sah Phoebe an. »Liebling, darf ich dich um einen Gefallen bitten? Würdest du diesen Kerlen bitte so richtig wehtun?«

Phoebe spürte, wie der Nebel sie durchdrang. Sie hatte das Gefühl, sie waren nun alle drei in der Lage, Coles Bitte nachzukommen.

Ohne jede Vorwarnung ging sie auf die Dämonen los.

12

PIPER SETZTE IHRE MAGISCHEN KRÄFTE EIN, um einen großen Scheinwerfer, der neben einem der Dämonen stand, in die Luft zu jagen. Es regnete Glassplitter und Funken, und der Dämon schrie vor Schmerz auf, als ihm die Splitter in Gesicht und Hände schnitten.

»Braucht jemand Feuer?«, fragte Piper.

»Das sind nur Hexen!«, rief Ned. Er zeigte auf Piper. »Ich kümmere mich um die da. Ihr nehmt die beiden anderen!«

Zwei Dämonen gingen auf Paige los. Der erste brachte eine große Filmkamera zum Schweben und schleuderte sie auf sie. Der zweite näherte sich ihr von hinten, damit sie nicht ausweichen konnte. Bevor Paige jedoch losorben konnte, flog die Kamera im Bogen um sie herum, traf den Dämon mitten in die Brust und schleuderte ihn zehn Meter durch die Halle.

»Die Kamera mag dich wohl nicht, hm?«, meinte Paige.

Zwei andere Dämonen versuchten, Phoebe zu fassen. Sie schwebte in die Höhe und schwang sich auf die Galerie im zweiten Stock. Ein Dämon schoss einen Energieblitz ab, aber er verfehlte Phoebe, prallte von dem Geländer ab und grillte einen anderen.

Der Dämon, der den Energieblitz abgeschossen hatte, schimmerte und verschwand, während Phoebe oben über den Gang raste. Als sie die Hälfte geschafft hatte, tauchte der Dämon direkt vor ihr auf und versperrte ihr den Weg.

»Pech gehabt!«, rief Phoebe. Sie machte kehrt, schnappte sich eines der Seile, die von den Metallträgern unter dem Dach herabhingen, und schwang sich hinüber auf den gegenüberliegenden Treppenabsatz.

Knurrend stürzte der frustrierte Dämon hinter ihr her, um seinen Fehler wieder gutzumachen, verschätzte sich jedoch in der Entfernung. Er krachte gegen die Hallenwand und hinterließ einen deutlich sichtbaren Abdruck im Mauerwerk, als er abprallte und ziemlich unsanft auf dem Boden aufschlug.

Piper hatte unterdessen alle Hände voll zu tun. Ned hatte sich einen Stapel Filmdosen geschnappt und schleuderte sie in ihre Richtung. Zum Glück konnte sie eine nach der anderen explodieren lassen, bevor sie ihr gefährlich wurden.

»Willst du wohl damit aufhören!«, rief Ned, der allmählich die Geduld verlor.

»Sicher, wenn du nicht mehr auf mich wirfst!«, gab Piper zurück.

Da bemerkte Ned, dass seine Gegnerin mitten in einem Wirrwarr aus Kabeln stand. Wenn er seine Kräfte geschickt einsetzte, konnte er die Hexe zu Fall bringen und sie mit dem magischen Schwert töten, das er sich aus einer der Kisten geholt hatte. Damit wäre die stärkste der Gegnerinnen erledigt. Er befahl den dicken Kabeln, sich um Pipers Beine zu wickeln, und lächelte, als sie sich wie Schlangen aufrichteten. Dann schnappte er überrascht nach Luft, denn er wurde plötzlich selbst von den Kabeln erfasst. Sie wickelten sich um seine Beine! Der Dämonenchef stürzte der Länge nach auf den harten Betonboden des Studios.

Ned hatte keine Ahnung, was los war. Warum funktionierten seine magischen Kräfte nicht ordentlich? Sobald er sich von den Kabeln befreit hatte, rannte er zu Cole und packte ihn am Kragen. »Was hast du da angerichtet?«

Cole lachte ihm ins Gesicht.

»Glaubst du, das würde ich dir verraten? Ich amüsiere mich viel zu gut!«, sagte er.

Ned verpasste ihm einen Kinnhaken, aber Cole spuckte ihm nur verächtlich einen Schwall Blut ins Gesicht. Ned ließ ihn los und wischte sich das Blut aus den Augen. »Das reicht! Jetzt bringe ich dich um!«

Phoebe beobachtete vom zweiten Stock aus, was unten in der Halle vor sich ging. Warum provozierte Cole den Dämon immer wieder? Er war ein Mensch und konnte leicht getötet werden. Phoebe schwebte hinunter, nahm eines der großen

Richtmikrofone von der Wand, holte aus und verpasste Ned einen kräftigen Schlag in den Nacken.

Ned stürzte vorwärts, direkt auf Cole zu, der ihn mit einem Faustschlag empfing.

»Danke, Schatz!«, rief er und blinzelte Phoebe zu.

»Du sollst mich doch nicht so nennen!«, entgegnete sie und wandte sich dem nächsten Dämon zu.

Cole grinste benommen und brach erneut bewusstlos zusammen.

Am anderen Ende des Studios wurde Paige von zwei Dämonen in die Zange genommen. Sie wünschte fast, sie würden sich verwandeln und ihr böses Gesicht zeigen – wie Cole früher, wenn er sich in Balthasar verwandelte. Die Ähnlichkeit dieser Typen war nervtötend – graublaue Augen, blondes Haar, modische, maßgeschneiderte Anzüge. Nur mit größter Mühe gelang es Paige, sie auseinander zu halten. Und wenn sie ganz ehrlich war, wollte sie es eigentlich immer noch vermeiden, Ned zu vernichten, wenn es irgendwie möglich war.

Die Dämonen brachten einen Regenzauber über Paige, um den Schwung der Hexe zu dämpfen, aber es trat genau das Gegenteil der erwünschten Wirkung ein. Der Regen prasselte in Sturzbächen auf die beiden Dämonen herab, egal wohin sie liefen.

Die Zauberhaften sahen lachend zu, wie die Dämonen versuchten, den grollenden Wolken zu entkommen, von denen sie verfolgt wurden. Die drei hatten zwar keine Ahnung, was für Zaubertränke Cole ihnen eigentlich besorgt hatte, aber allmählich machte die Sache sogar Spaß.

Zwei Dämonen, die aussahen wie Bodybuilder, fuhren schwerere Geschütze auf: Sie verhängten einen Tornadozauber. Sämtliche Dämonen einschließlich Ned wurden von dem Tornado in die Luft gerissen und durchs Studio gewirbelt. Der Sturm fegte auch durch die Garderoben im zweiten Stock. Als er nach einer Weile wieder abflaute, waren alle Dämonen – auch Ned – mit Make-up und Haarpflegeprodukten vollgeschmiert. Sie boten einen unglaublichen Anblick, als sie zu Boden stürzten. Ned hatte eine Federboa um den Hals und pinkfarbene Pantöffelchen mit Puscheln an den Füßen. Zwei seiner Männer trugen Kleider.

Das Studio glich einem Katastrophengebiet. Die dünnen Wände am Set waren komplett auseinander gerissen. Den Zauberhaften und Cole hatte der Tornado jedoch kein Haar gekrümmt.

»Wann werden diese Dämonen endlich begreifen, dass ihre Magie nicht vernünftig funktioniert, und die Finger davonlassen!«, bemerkte Paige verärgert.

Plötzlich sprang Ned aus einem Haufen von Haremskostümen hervor. Wegen des Haarsprays, das er während seines Ritts auf dem Tornado abbekommen hatte, standen ihm sämtliche Haare zu Berge. Er sah ziemlich wütend aus, und er bewegte die Lippen. Offenbar sprach er leise eine Beschwörungsformel.

Die Zauberhaften spürten, wie sich daraufhin magische Energie im Studio sammelte.

»Ned, tu es nicht!«, rief Paige. »Geh einfach weg. Bitte!«

Er warf ein Messer nach ihr, und es hätte sie vielleicht mitten ins Herz getroffen, wenn nicht genau im richtigen Augenblick ein Scheinwerfer von der Lichtbrücke gefallen wäre, der es abfing.

»Also gut«, sagte Paige. »Eindeutige Antwort.«

»Ich glaube, es wird Zeit, in Deckung zu gehen«, sagte Piper.

»Ich auch«, pflichtete ihr Phoebe bei. Sie schnappte sich Cole, und sie rannten zu viert auf das große Tor des Studios zu, um Ned und seinem Zauber zu entkommen.

Die Wände des Studios begannen zu beben und bogen sich nach innen, als würden sie von einer unbezwingbaren Kraft in Neds Richtung gezogen.

Die vier flohen in das Büro im Gebäude nebenan. Die Zauberhaften stellten sich im Kreis um Cole auf und fassten sich an den Händen, um ihn gegen alles zu schützen, was kommen mochte. Es gab ein lautes *Wumm!*, und dann war alles still. Die Zauberhaften warteten, ob noch etwas nachkam, dann gingen sie vorsichtig nach draußen. Cole folgte ihnen.

Die gesamte Studiohalle war dem Erdboden gleichgemacht worden. Es sah aus, als sei das Gebäude einfach in sich zusammengefallen. Irgendwo unter all den Trümmern waren Ned Hawkins und seine Leute ... und die Artefakte.

»Bei dem Versuch, uns zu kriegen, hat Ned gleich die ganze Halle zerstört«, sagte Paige.

»Zum Glück ist es ihm nicht gelungen, uns mit einem Zauber am Weglaufen zu hindern«, bemerkte Phoebe.

»Ja, das war wirklich Glück«, sagte Cole mit einem verschmitzten Grinsen.

»Was war das eigentlich für ein Zeug in den Fläschchen?«, fragte Phoebe ihn.

Cole lachte. »Ich habe nachgedacht. Du kennst doch die Redensart ›Erst kein Glück und dann auch noch Pech‹?«

»In den Fläschchen war das reine Pech!«, stellte Phoebe fest. »Wir waren bereits mit Pech versorgt, und als Hawkins seinen Pechzauber auf uns anwenden wollte, hat das eine Pech das andere aufgehoben.«

»Ziemlich clever, was?«, meinte Cole. »Du selbst hast mich auf die Idee gebracht. An dem Abend in der Gasse warst du die Einzige, der Hawkins mit seinem Pech-Zauber nichts anhaben konnte. Denn du hattest bereits eine Pechsträhne, jedenfalls aus deiner Sicht. Du bist mit deiner Vision den Schicksalsdämonen in die Falle getappt. Und du hast mich am Hals, obwohl es dir am liebsten wäre, wenn ich bis in alle Ewigkeit in der Hölle schmore. Ziemlich einleuchtend, das Ganze.«

Sie machten sich daran, in den Trümmern nach den Artefakten zu suchen. Zum Glück befanden sich die Kisten alle zusammen in einer Ecke, und sie entdeckten sie recht schnell. Es würde bestimmt nicht lange dauern, bis ein Passant Polizei und Rettungskräfte alarmierte.

»Phoebe, kann ich mal kurz mit dir reden?«, fragte Cole,

der immer noch bei jeder Bewegung vor Schmerz zusammenzuckte. Sie entfernte sich mit ihm ein paar Meter von dem Trümmerhaufen.

»Phoebe, hör mir bitte mal zu. Das hier ist eine echte Chance für uns.«

»Was erzählst du da wieder?«

Cole zeigte auf die Kisten mit den magischen Artefakten. »Diese Typen sind Idioten. Ihnen ist gar nicht klar, was sie in den Händen halten; sie haben keine Ahnung von echter Macht. Ich schon! Stell dir vor, wie viel Gutes wir tun könnten, wenn wir uns diese Objekte nehmen. Wir könnten zusammen sein. Wir könnten die Welt verbessern!«

»Du bist ja verrückt ...«

»Die Liebe lässt uns verrückte Dinge tun. Bitte überleg es dir!«

»Können uns diese Artefakte zurück in unsere Zeit bringen oder nicht?«

Cole schüttelte den Kopf. »Können sie nicht.«

Phoebe sah ihn erstaunt an. »Wie bitte? Aber du hast doch gesagt ...«

»Ja gut, genau genommen schon. Sie haben im Prinzip die nötige Energie. Aber man muss weiterdenken, es geht schließlich um den Lauf der Geschichte. Jedes dieser Objekte ist für ein bestimmtes Schicksal vorgesehen. Die Zeit ist an und für sich ziemlich unverwüstlich, sie kann ein Leck abbekommen und tickt trotzdem weiter. Hey.« Er hielt inne. »Was ich sagen will ist Folgendes: In der Regel kann die Zeit ein paar kleine Änderungen hier und da ganz gut wegstecken. Aber wenn man hinginge und beispielsweise Hitler aus dem Spiel nähme, bevor er an die Macht kam, dann würde eine ganz neue Welt entstehen und der Lauf der Dinge wäre sicherlich ein anderer. Und ein derart grober Eingriff wäre auch nötig, um ausreichend starke Energiewellen auszulösen.«

»Und die könnten uns zurückbringen?«

»Ja. Ihr drei könntet zurück, aber es wäre nicht mehr die

Welt, wie ihr sie kennt. Ihr wärt von allen Veränderungen ausgeschlossen, die geschehen sind; ihr wärt dieselben, auch wenn ihr in dem neuen Lauf der Dinge vielleicht gar nicht geboren worden wäret oder möglicherweise in einer ganz anderen Version. Es ist schwer zu sagen. Die Veränderungen wären auf jeden Fall enorm. Diese Artefakte sind dazu bestimmt, Gutes in der Welt zu tun. Und ich kenne alle Einzelheiten. Ort, Zeit, alles. Ich weiß auch über sämtliche Schicksalsschläge und verpasste Gelegenheiten Bescheid, über all das Böse, das geschieht, weil diese Objekte nicht oder nicht richtig benutzt wurden. Sieh dir das hier an!«

Cole hielt eine Anstecknadel hoch, die er aus einer der Kisten genommen hatte, und steckte sie sich ans Revers. »Bitteschön! Damit hat man einen sechsten Sinn für Gefahren. Genau wie Spider-Man. Wenn man Kennedy oder Martin Luther King die Nadel ans Jackett steckt, dann läuft alles ganz anders. Wir könnten auch weiter zurückgehen und viel früher ansetzen. Wir könnten schon morgen diesen Krieg beenden.«

Piper und Paige waren herübergekommen und hatten den letzten Teil von Coles Ausführungen mitbekommen. Er sah Piper an. »Leo müsste nicht sterben.«

Piper verschränkte die Arme vor der Brust. »Du bist ja verrückt!«

»Aber ich habe trotzdem Recht! Es müsste weder Hunger noch Unterdrückung geben. Ich spreche hier von absoluter Macht.«

Phoebe kniff die Augen zusammen. »Sehr schön. Ein ehemaliger Dämon will Gott spielen. Klingt das nicht nach einer tollen Gelegenheit für das Böse?«

»Ich bin nicht böse«, sagte Cole und hielt sie fest. »Phoebe, bitte, wir hängen hier sowieso fest. Warum ...«

Er verstummte und sah sich verwundert um. »Gefahr«, sagte er heiser, denn die Nadel an seinem Revers leuchtete dunkelrot auf. »Runter!«

Eine Gestalt schoss aus dem Trümmerhaufen heraus in die

Höhe und landete mit einem bösartigen Zischen. Cole, der ihr am nächsten war, wurde von den Beinen gerissen, und als er stürzte, löste sich die kleine Anstecknadel von seinem Jackett und versank im Schutt.

Die so plötzlich aufgetauchte Gestalt war Ned Hawkins. Allerdings hatte er sich verändert. Sein Gesicht war kohlrabenschwarz, seine graublauen Augen leuchteten im Mondlicht, und seine spitzen Zähne blitzten gefährlich auf. Das Jackett war ihm abhanden gekommen, und er stand in der Anzughose und einem zerfetzten weißen Hemd da, an dem sein Blut klebte. An seinen nackten Füßen hatte er keine Zehen, sondern gebogene Klauen.

Er zeigte auf Paige. »Das hast du mir angetan! Deinetwegen ist mein wahres Gesicht zum Vorschein gekommen!«

»Oh-oh«, machte Paige lustlos, kletterte über ein paar Trümmer und zog ein Schwert aus einer der Kisten mit den magischen Artefakten.

»Was hast du damit vor?«, fragte Ned. »Wenn du versuchst, mit dem Schwert in der Hand zu zaubern, löst du eine Gegenreaktion aus, die diesen Kontinent auseinander reißt!«

»Er hat Recht«, warnte Cole. »Und es wird dir ansonsten nicht viel nützen. Man muss alle möglichen Rituale und Vorkehrungen durchführen und ...«

»Ja, ja«, sagte Paige. »Ich weiß, was ich tue.«

Das wusste sie in der Tat. Paige spürte die Macht des Schwertes. Es dürstete nach Blut; es wollte, dass sie seine magischen Kräfte nutzte.

Es scherte sich nicht um die Folgen.

»Das ... funktioniert ... nicht!«, zischte Ned und schüttelte den Kopf, als spreche er mit einem uneinsichtigen kleinen Kind.

Paige ächzte vor Anstrengung, als sie sich umdrehte, das Schwert in Neds Brust stieß und den entsetzten Dämon aufspießte. Zitternd umklammerte er den Griff, der aus seiner Brust herausragte, dann fiel er der Länge nach in den Dreck, den Blick ungläubig auf die Waffe gerichtet.

»Schwerter funktionieren immer, Kumpel«, sagte Paige.

Phoebe und Piper starrten sie fassungslos an. Cole kicherte und sagte: »Erinnere mich dran, dass ich dich niemals so wütend machen darf.«

»Ich glaube, das habe ich gerade getan«, erwiderte Paige. Sie sah sich um, dann zeigte sie auf die Kisten mit den Artefakten. »Wir müssen die Sachen hier rausbringen, bevor jemand kommt.«

»Warte, dazu haben wir doch eine Formel von Theda«, rief Phoebe. »Sie versetzt die Dinge wieder in ihren ursprünglichen Zustand.«

»Nur unbelebte Objekte«, bemerkte Piper.

Paige warf einen Blick auf die Trümmer. »Klingt doch gut. Ich bin nicht sicher, ob der arme Oscar eine Versicherung für solche Fälle hat.«

Die Hexen fassten sich an den Händen und beschworen die Macht der Drei.

»Der alte Zustand muss wieder her,
alles wie es war, wir bitten sehr,
denn Gutes wird kommen, das Böse vergehn,
wenn alles wieder ist wie vorgesehn.«

Augenblicklich wurde der Wirbelsturm wieder lebendig, der so großen Schaden angerichtet hatte, und hob dicke Holzplanken, Metall, Steine und anderes in die Luft. Träger richteten sich stöhnend aus den Trümmern auf, und Stück für Stück wurde die Halle wieder aufgebaut. Die Mauern wurden an ihren Platz gestellt, das Dach wurde aufgesetzt, und die Scheinwerfer, die Kulissen und alles, was zuvor zerstört worden war, setzte sich auf wunderbare Weise wieder zusammen.

Innerhalb weniger Sekunden wurden die *Osiris Studios* wieder geboren.

»Interessanter ... Trick«, ertönte eine krächzende Stimme.

Die Zauberhaften und Cole drehten sich um. Ned Hawkins war wieder auf den Beinen. Er hielt immer noch den Griff des magischen Schwerts umklammert, das wie wild versuchte, sich aus seiner Brust zu lösen, um wieder in die Kiste zurückzukehren, aus der Paige es genommen hatte.

»Oh!«, machte Paige. »Das Schwert! Wir haben Magie auf das Schwert ausgeübt.«

»Das hat doch katastrophale Folgen, oder?«, fragte Phoebe heiser.

Cole nickte. »Allerdings.«

»Wollte mich nur vergewissern.«

Violette Energie mit wirbelnden weißen Lichtstreifen strahlte von dem Schwert aus, stieg in die Höhe und drohte das Dach des neu aufgebauten Studios zu zerstören.

Plötzlich sagte eine dröhnende Stimme: »Nein!«

Die Mauern erzitterten, und die Säule aus böser Energie, die von dem Schwert aufstieg, blieb nur wenige Zentimeter von der Decke entfernt in der Luft stehen. Sie war nicht vollkommen erstarrt, denn die spiralförmig aufsteigenden weißen Lichter innerhalb der dunklen Säule bewegten sich immer noch.

Eine Gestalt, die gut zwei Stockwerke hoch aufragte, wurde hinter der Energiesäule sichtbar. Paige sah einen langen Arm und eine Hand, von der die Energiesäule festgehalten wurde, dann ein Gesicht, das alt und weise wirkte, und eine Brust, bei deren Anblick Adonis vor Neid erblasst wäre.

»Wow!«, rief Paige. »Was ist das nun wieder?«

»Bei den Göttern!«, hauchte Piper.

»Ja, ich glaube, der hier ist einer von ihnen«, sagte Cole. »Ein Glücksgott, würde ich sagen.«

Hawkins schlotterte vor Angst, als er sich umdrehte. »Nein! Wir haben uns losgesagt! Wir dienen dir nicht mehr. Jetzt sind wir am Zug, es ist unsere Chance frei zu sein!«

»Es ist die fehlende Weitsicht, die dich und deinesgleichen daran hindert weiterzukommen«, sagte der Riese. Ein Dutzend verhüllter Dämonen erschien und kreiste ihn ein. Sie sahen genauso aus wie die Fieslinge, gegen die die Zauberhaften durch die List der Schicksalsdämonen hatten kämpfen müssen. »Meine Abgesandten, die Beobachter, haben genug gesehen. Sie werden aus deinen Fehlern lernen und die Weisheit und Macht erlangen, die du selbst auch hättest erlangen können.«

»Es gibt also noch mehr von Hawkins' Sorte«, sagte Cole. »Sicher, muss ja so sein, sonst würden sie ja nicht in unserer Zeit noch existieren.«

Der Riese war noch nicht fertig. »Meine Gesandten, die du hier siehst, werden nun zu Erlauchten der Finsternis, und du, Ned Hawkins, dem ein wahrer Name für alle Ewigkeit versagt bleiben wird, gehst in die Geschichte ein als derjenige, der seinem Volk Unglück gebracht und ihm den Untergang beschert hat. Das ist deine Hinterlassenschaft.«

Piper stemmte die Hände in die Hüften. »Hey, Mr Gott oder wer immer du bist!«

»Ich habe schon viele Namen in dieser und den vielen anderen Welten gehabt. Mein Herrschaftsgebiet ist das Schicksal.«

»Großartig, schön dich kennen zu lernen!« Piper zeigte auf die Energiesäule, die der Riese festhielt. »Hör mal, wir haben es vermasselt, das wissen wir, und du bist gekommen, weil der gute Ned und seine Leute eine Tracht Prügel verdienen. Gut. Aber da du ihn nie gefunden hättest, wenn wir nicht die Unmengen von Energie um ihn herum freigesetzt hätten, könntest du da nicht, wo du schon mal da bist, irgendwas mit diesem violetten Ding machen, damit es nicht die ganze Welt auseinander reißt oder so? Dafür wären wir dir wirklich sehr dankbar.«

»Dagegen ist nichts einzuwenden. Ihr habt mir tatsächlich einen Dienst erwiesen, und ich bin euch etwas schuldig. Anderen das Leben retten, das könnt ihr selbst – es ist eure Aufgabe, dabei braucht ihr keine Hilfe. Das spüre ich. Was für einen Wunsch habt ihr denn für euch persönlich?«

»Wir wollen nur nach Hause«, sagte Paige. »Zurück in unsere Zeit.«

Der Riese nickte, und die Energiesäule riss sich von Ned und dem Schwert los. Sie raste durch das Studio, wandelte ihre Form und wurde zu einem wirbelnden Strudel, der dem ähnelte, durch den sie die Zeitreise angetreten hatten.

»Seht ihr?«, sagte Piper und reckte eine Faust in die Höhe. »Man muss einfach nur fragen, wenn man was haben will.«

»Lebt wohl!«, dröhnte der Riese, packte den schreienden, zappelnden Hawkins und schleuderte ihn fort. Dann verschwand er mitsamt den verhüllten Dämonen.

»Na also«, sagte Cole. »Da geht's nach Hause! Seht ihr, ich wusste, wir finden den Weg.«

Phoebe sah ihn böse an.

»Eines noch.« Cole ging durch das Studio und stellte sich neben die Kisten mit den magischen Objekten. »Wir können diese Artefakte hier nicht so rumliegen lassen. Jemand muss dafür sorgen, dass sie nicht in die falschen Hände geraten, und wir können keine Magie auf sie anwenden. Ihr habt ja gesehen, was gerade beinahe passiert wäre.«

Die Hexen betrachteten argwöhnisch den Strudel. Es war nicht abzuschätzen, wie lange er offen bleiben würde.

Phoebe ergriff als Erste das Wort. »Es ist deine Entscheidung, Cole. Wenn dir diese Objekte so wichtig sind, wenn du auf Macht aus bist ...«

»Spar dir das, Phoebs«, sagte Cole. »Wenn ich Macht wollte, müsste ich nur mit euch in diesen Strudel steigen. Zu Hause habe ich mehr magische Kräfte, als ich gebrauchen kann. Ich sage, ich bleibe hier. Ich bleibe ein Mensch. Und ich werde dafür sorgen, dass mit diesen Artefakten das geschieht, was das Schicksal für sie vorgesehen hat. Denn wenn sich der Lauf der Dinge ändert, würdest du vielleicht gar nicht geboren werden. Damit könnte ich nicht leben. Ich liebe dich, Phoebe, und wenn ich das hier tue, dann für dich. Was meinst du?«

Piper verschränkte die Arme vor der Brust. »Ich kann nicht glauben, dass ich es sage, aber ich glaube tatsächlich, er meint es ernst.«

Der Strudel erzitterte plötzlich, wurde weiter, dann wieder enger, verschwand und flackerte erneut auf. Es war eindeutig: Er wurde instabil.

»Ihr habt nicht mehr viel Zeit. Geht!«, rief Cole.

Hinter ihnen in der Halle erklangen rasch näher kommende Schritte, und sie drehten sich alle um. Es war Tom, der Requisiteur.

»Geh schon, Balthasar!«, rief er. »Geh zurück in deine Zeit! In zweifacher Ausgabe können wir dich hier gar nicht gebrauchen. Ich werde mich um alles kümmern.«

Phoebe runzelte überrascht die Stirn. »Aber ich dachte, Sie stecken mit Hawkins unter einer Decke!«

Tom breitete die Hände aus und wurde umhüllt von wirbelnden weißen Lichtern. Geläut war zu hören, als er die letzten Meter zu ihnen herüberorbte.

»Sie sind ein Wächter des Lichts!«, rief Paige.

Tom nickte. »Der Hohe Rat hat mich dazu bestimmt, über Chloe zu wachen. Mir ist irgendwann klar geworden, dass ich sie am besten schütze, indem ich den Geschäften von Hawkins und seinen Leuten ein Ende mache. Ich wusste nicht, dass ihr vier auftauchen würdet. Die Wahrheit ist, ohne euer Dazutun hätte ich wohl keine große Chance gehabt, den Kerlen das Handwerk zu legen. Ich hatte nicht gewusst, wie mächtig sie tatsächlich sind. Aber von jetzt an komme ich hier allein zurecht.«

Der Strudel verschwand erneut und flackerte wieder auf. Cole lief zu den Zauberhaften, und sie beschritten gemeinsam den Weg durch Raum und Zeit. Augenblicklich wurden sie in den mächtigen Strudel gezogen.

Leo schritt neben der Stelle auf und ab, an der seine Frau, ihre Schwestern und Cole, dieser Trottel, verschwunden waren. Er hatte den Hohen Rat aufsuchen wollen, aber vielleicht fand Piper eine Möglichkeit, ihm eine Nachricht zukommen zu lassen, und wenn er sich zu weit entfernte, verpasste er sie am Ende ... Er konnte nicht fortgehen, es ging einfach nicht.

Plötzlich wurde es hinter ihm sehr heiß. Als er sich umdrehte, standen die beiden Schicksalsdämonen vor ihm, die hinter der ganzen Sache steckten.

»Ein Wächter des Lichts. Ist das nicht interessant, Mr Sigh?«, sagte der eine.

»In der Tat, Mr Tremble. Er wirkt beunruhigt. Ich meine, wir sollten ihn von seinen Qualen erlösen.«

»Eine gute Idee, Mr Sigh. Eine sehr gute Idee.«

Leo kniff die Augen zusammen. »Ihr wollt kämpfen? Na gut. Vielleicht sagt ihr mir, wie ich Piper zurückbekommen kann, wenn ich euch so dermaßen verprügele, dass es sogar eure Mütter spüren!«

Die Schicksalsdämonen erbleichten, und sie wurden in ein seltsames violettes Licht getaucht, das die dunklen Schatten weit bis aufs Meer hinaus vertrieb. Leo spürte, dass sich jemand hinter ihm befand.

»Leo, mach Platz!«, rief Piper.

Mit einem breiten Grinsen im Gesicht wich Leo zurück und sah gerade noch, wie ein Strudel von der Plattform verschwand. Die Zauberhaften und Cole standen davor.

Mr Sigh zitterte. »Moment mal, sie sind zurück!«

»Das kann nicht sein!« Mr Tremble war entsetzt.

Cole lächelte. »Ja, Pech gehabt, Leute! Anscheinend hat euch das Glück gerade verlassen.«

Cole sah zufrieden zu, wie die Zauberhaften sich an den Händen fassten und eine von den Beschwörungsformeln sprachen, die Theda ihnen gegeben hatte:

»In der Dunkelheit wie auch im Licht
kämpfen wir gegen euer böses Gesicht.
Über viele Seelen habt ihr Verdammnis gebracht,
deshalb werdet ihr jetzt zunichte gemacht!«

Die Dämonen, denen es um ein Haar gelungen wäre, sie alle zu töten, schrien auf und explodierten, als ein wahrer Hagel feuriger magischer Energieblitze auf sie niederging.

Sie waren ein für alle Mal vernichtet.

»Wir hatten bestimmt noch genug von dem Zauber aus den Fläschchen am Körper und hätten diese traurigen Gestalten auch ohne Zauberformel in die Wüste schicken können«, meinte Phoebe.

Cole drehte sich zu ihr um. Er hegte die leise Hoffnung, dass das, was er getan hatte, nicht spurlos an Phoebe vorbeigegangen war und er ihr vielleicht doch noch beweisen konnte, wie sehr er sich verändert hatte. »Neulich hast du gesagt, du würdest mir ein bisschen Dankbarkeit zeigen, wenn ich sie verdiene.«

Phoebe sah zur Seite. »Ja, das habe ich gesagt.«

»Und, Phoebs ... habe ich sie verdient?«

Sie sah ihm eine ganze Weile lang in die Augen. Dann wandte sie sich seufzend ab und sagte traurig: »Frag mich das in sechzig Jahren noch mal!«

Piper lief auf ihren Liebsten zu, der sie umarmte und hochhob, um sich mit ihr im Kreis zu drehen. Eine so große Erleichterung, wie er sie ausstrahlte, hatte Piper noch nicht erlebt – außer bei sich selbst natürlich.

»Piper, meine Liebste«, flüsterte Leo und hielt sie ganz fest.

Piper konnte nichts sagen. Sie vergrub ihr Gesicht an seiner Schulter und machte sich bewusst, was für ein Wunder dieser Augenblick war – dieser und alle weiteren Momente, die sie noch mit Leo würde genießen dürfen.

Cole beobachtete die beiden, dann wandte er sich von Phoebe ab. Wer weiß, was die Zukunft für uns bereithält!, dachte er und schimmerte davon.

Kurze Zeit später gingen Phoebe und Paige den Strand entlang und genossen den Anblick der Großstadtlichter, die in der Bucht funkelten.

»Was hast du denn jetzt für Pläne?«, fragte Phoebe.

Abgesehen von nach Hause orben und was anderes anziehen?« Paige fiel wieder ein, dass sie dem süßen Typen in der Bibliothek ihre Nummer gegeben hatte. »Wer weiß? Vielleicht wartet das Glück ja schon vor der Tür!«

»Du kannst ruhig schon mal verschwinden«, schlug Phoebe vor. »Ich habe das Gefühl, ich brauche noch einen ordentlichen Strandspaziergang. Wenn ich genug habe, rufe ich Leo oder nehme mir ein Taxi.«

»Okay!«, sagte Paige fröhlich, blinzelte Phoebe zu und gab ihr noch einen Kuss, bevor sie davonorbte.

Phoebe sah auf zu den Sternen. Sie war zurück in ihrer Zeit, und ihre Familie war in Sicherheit. Was konnte sie sich Schöneres wünschen?

Ein richtiger Glückstag, dachte sie lächelnd.

Sie spazierte am Wasser entlang und fühlte sich zum ersten Mal seit Ewigkeiten wieder glücklich und frei.

Fünf »zauberhafte« Freundinnen retten die Welt

W.I.T.C.H.
Die zerbrochene Kugel, Teil 1
Der steinerne Falke
ISBN 3-8025-3287-2

W.I.T.C.H.
Die zerbrochene Kugel, Teil 2
Die Krallen des Adlers
ISBN 3-8025-3288-0

W.I.T.C.H.
Die zerbrochene Kugel, Teil 3
Der Schatten der Eule
ISBN 3-8025-3289-9

W.I.T.C.H.
Die zerbrochene Kugel, Teil 4
Der goldene Phönix
ISBN 3-8025-3290-2

Egmont vgs verlagsgesellschaft, Köln

www.vgs.de

Close Up
BIG IN POSTERS, SHIRTS & MERCHANDISE
Charmed
Suchst du Fan-Artikel zu Kino & TV-Serien?
ANGEL • BUFFY • CHARMED • SMALLVILLE
UND VIELES MEHR!!!
SMALLVILLE
Legolas
MATRIX RELOADED
Harry Potter
Not just a secret agent.
She's a concealed weapon.
Gleich GRATIS-KATALOG anfordern!
MIT ÜBER 5000 ARTIKEL. VOLL FETT! VOLL FARBIG!
Hotline 01804-450 450 0,24€/Anruf
bitte Stichwort "VGS" angeben
www.closeup.de
CLOSE UP POSTERS, ZEPPELINSTR. 41, D-73760 OSTFILDERN